LA RECONQUÊTE

Ecrivain et scénariste, Janine Boissard, mère de quatre enfants, est l'auteur d'une grande saga pleine de tendresse et d'expérience vécue, L'Esprit de famille; L'Avenir de Bernadette; Claire et le bonheur; Moi, Pauline; Cécile la poison *et* Cécile et son amour. *Un feuilleton pour la télévision a été tiré des quatre premiers volets de cette saga; il a été plusieurs fois diffusé avec un grand succès.*
Janine Boissard a publié plusieurs autres romans : Une femme neuve, Rendez-vous avec mon fils, Une femme réconciliée, Croisière *et sa suite :* Les Pommes d'or; La Reconquête, L'Amour, Béatrice, *ainsi qu'un essai :* Vous verrez, vous m'aimerez.

« Une maison où l'on a été heureux, où des enfants ont grandi, c'est comme un arbre dans le cœur, avec tant de racines et de radicelles que, même si l'arbre est penché, si on le croit prêt à tomber, la sève y circule encore. »
Ainsi parle Marie-Line. Mais la sève de l'amour circule-t-elle encore entre Matthieu, son mari, et elle?
Redoutant qu'il ne la quitte pour une autre, elle a décidé de tout mettre en œuvre pour le reconquérir. Tout! Jusqu'à simuler un plaisir qu'elle n'éprouve pas.
Parviendra-t-elle à regagner Matthieu? Et, si elle y parvient, où en sera l'amour entre eux?
Dans cette histoire qui pourrait être la nôtre, il y a l'esprit de famille, l'émotion, le rire, la lutte.
La vie.

Dans Le Livre de Poche :

UNE FEMME NEUVE.
RENDEZ-VOUS AVEC MON FILS.
UNE FEMME RÉCONCILIÉE.
VOUS VERREZ... VOUS M'AIMEREZ.
CROISIÈRE.
CROISIÈRE 2 : *Les Pommes d'or.*

L'Esprit de famille.

1. L'ESPRIT DE FAMILLE.
2. L'AVENIR DE BERNADETTE.
3. CLAIRE ET LE BONHEUR.
4. MOI, PAULINE.
5. CÉCILE, LA POISON.
6. CÉCILE ET SON AMOUR.

JANINE BOISSARD

La Reconquête

ROMAN

FAYARD

I

Le courant m'entraîne

Chapitre premier

C'est un matin comme les autres. Un rayon de miel blanc passe entre les pans du rideau que je ne joins jamais tout à fait car, depuis l'enfance, je crains l'obscurité. On commence à distinguer certains objets dans la chambre : la pendule de grand-mère entre les vases-corolle, le miroir de la coiffeuse, mon peignoir en travers du fauteuil.

J'aime entendre, dehors, le bruit ample, régulier, d'un balai de branchages, même s'il me rappelle qu'avec les feuilles mortes c'est l'été qu'on achève de mettre à la porte. J'allonge mes jambes, m'étire entre les draps tièdes. C'est un matin heureux d'octobre : Matthieu est rentré cette nuit de voyage.

Le travail d'ingénieur en électronique de mon mari l'appelle souvent à Genève où se trouve la maison mère. Cette fois, il y est resté presque une semaine et le temps m'a semblé long. Il était trois heures du matin lorsque j'ai entendu tourner la clé dans la serrure. Le soudain gonflement de mon cœur m'a appris que l'absence l'avait vidé; et Matthieu pouvait bien s'appliquer à ne pas faire de bruit, j'étais dans chacun de ses pas, je tâtonnais avec ses doigts à la recherche du bouton électrique, mon regard évaluait en même temps que le sien la pile de courrier sur le guéridon de l'entrée, et le grand verre d'eau qu'il allait boire à la cuisine, je le partageais avec lui.

Lorsque le rai de lumière était apparu sous la porte de la salle de bains, j'avais souri : j'allais pouvoir enfin dormir « pour de vrai »... Enfants, lorsque nos parents sortaient, nous guettions ainsi leur retour, Charlotte et moi, jusque tard dans la nuit, et l'apparition de la lumière sous la porte séparant leur chambre de la nôtre était le signal de notre départ à nous... Dans les vaisseaux étoilés du sommeil...

J'ai si bien dormi, j'ai vogué si loin que je n'ai pas entendu Matthieu se lever. Il est presque huit heures. Pourvu qu'il ne soit pas déjà parti ! Lorsqu'il rentre de voyage, il a hâte de se retrouver au bureau où le travail s'est accumulé, où sa secrétaire a rempli son carnet de rendez-vous.

Je saute du lit et vais tirer les rideaux ; elle est calme, notre rue de Neuilly, bordée de maisons-sœurs dont chacune repose dans un nid de lauriers-roses. De jeunes marronniers montent la garde sur la chaussée, le balayeur vêtu de vert et d'orange a déjà fait un beau tas de feuilles. En face, je peux voir « Gélinotte », la pur-sang rouge à toque noire de Matthieu. Depuis qu'il se l'est offerte, je dispose, moi, de notre vieille voiture familiale, aux coussins à jamais imprégnés de l'odeur des départs en vacances avec les enfants, les poissons, la perruche, le hamster. En cherchant bien, on trouverait encore, sous le tapis de sol, quelques grains de sable breton.

Alors que je traverse l'entrée pour me rendre à la cuisine, j'entends la voix de mon mari dans son bureau, un chuchotement : « Ce soir, je lui parlerai, c'est promis, mon cœur. » Je me fige : « *C'est promis mon cœur ?* » La brève sonnerie indiquant la fin de la communication retentit. Machinalement, je fais demi-tour, reviens dans la chambre et me remets au lit. « C'est promis, mon cœur »... Un puits de silence se creuse en moi. « Maintenant, on va jouer à la morte », ordonnait Charlotte, et chacune à son tour s'étendait sur le lit, yeux fermés, bras le long du corps. Il s'agissait, quoi que l'autre vous dise ou vous fasse, de ne crier ni ne bouger ; celle qui tenait le plus longtemps avait gagné.

Je ne bouge ni ne respire, je « fais la morte » pour tenir en respect deux mots, deux ailes noires qui planent soudain au-dessus de ma vie.

— Tu es réveillée ?

Matthieu vient d'apparaître sur le pas de la porte. Gabardine, cache-nez, il est prêt à « décoller », comme il l'annonçait aux enfants avant de les mener à l'école. Il a bonne mine, on dirait qu'il a bruni. Je m'entends répondre de ma voix habituelle.

— J'émerge à l'instant. Ton voyage s'est bien passé ? Ça va ?

— Sans problème... Mais je dois filer : un rendez-vous. Ce soir, nous n'avons rien ? Nous dînons là ?

— Nous dînons là.

— Alors il faudra que nous parlions, Marie-Line.

Et c'est tout ! Il n'est plus là. Son pas retentit sur le plancher de l'entrée, la porte claque. « *Ce soir, je lui parlerai, c'est promis, mon cœur.* » Il a commencé à tenir sa promesse.

Et il m'a appelée Marie-Line.

Line, Linette, Linotte lorsque je me montrais étourdie, Matthieu a conjugé mon prénom de toutes les façons depuis notre rencontre, il y a vingt-cinq ans, sur une plage bretonne. Marie-Line, il laissait cela « aux passants », disait-il. Ou aux circonstances exceptionnelles : nos rares disputes, lorsque, il y a un an, notre fils Olivier avait décidé d'abandonner ses études de droit pour se consacrer au théâtre : « Tu l'as toujours encouragé dans ses lubies, Marie-Line... » Je n'encourageais pas Olivier, je cherchais à l'accompagner parce que j'avais peur de le perdre. Matthieu m'avait aussi appelée Marie-Line pour m'annoncer la mort de sa mère : « Elle n'est plus là, Marie-Line... » Comme s'il m'en voulait à moi d'y être encore.

Le bruit du moteur de Gélinotte fait éclater le silence de la rue. La voiture s'éloigne. Je la suis le plus longtemps possible en pensée, comme on suit la voile d'un bateau. Au bout de notre rue, c'est le flot des voitures sur la grande avenue qui remonte vers l'Etoile, la haute mer. Je suis la femme d'un marin qui a fait escale dans de nombreux ports. Et je sais !

Au plus profond de mon être, je sais ! La même voix qui, un jour, m'a appris que j'étais aimée, me dit que ce soir mon mari m'annoncera qu'il me quitte. Elle m'a trompée, ma mère, en m'assurant que si l'on avait le courage de fermer les yeux sur les infidélités du mari, il finissait toujours par revenir ; que les années de vie commune, les enfants, la tendresse étaient les plus solides des liens. J'ai fermé fort les yeux et retenu mes larmes, je me suis répété jusqu'à l'écœurement les grises banalités : les hommes ont plus de besoins que les femmes, ce ne sont que des histoires de peau, de brèves aventures. En vingt-quatre ans de mariage, combien ? Par respect pour notre couple, pour un oui commun prononcé à l'église, pour les enfants, je m'étais refusée à compter.

Il est huit heures à la pendule de grand-mère et

moi aussi, je dois aller travailler. Je me lève, vide de moi, pleine de tempête. Je passe dans la salle de bains. Banal, si banal, ce que je vis ! A cette seconde même, partout, aux quatre coins du globe, des couples mettent fin à leur entente, des hommes et des femmes s'arrachent les uns aux autres, cela a toujours été et cela sera toujours. Comment peut-on encore en souffrir ? Se dire : parmi les millions d'hommes, c'est celui-là que je veux, avec son petit ventre, sa façon irritante de se gratter la gorge, de hausser le sourcil. Cet homme-là et pas un autre, aucun autre. C'est à mourir de rire !

L'eau de la douche coule sur ma nuque, je mouille aussi mes cheveux, tant pis ! Comment est-elle ? Sûrement belle, sûrement jeune. Ce qui est certain, c'est qu'elle ne porte pas une culotte et un soutien-gorge de coton blanc comme ceux que j'enfile à présent : « Ton trousseau de pensionnaire... », plaisante Matthieu... C'est qu'elle ne préfère pas à toute autre tenue ce pantalon de velours, ce pull sans forme, ces chaussettes et ces chaussures plates : « Ton uniforme... », dit mon mari.

Parce que depuis vingt-cinq ans, la « pensionnaire » n'avait été qu'à lui, parce qu'ils avaient eu deux enfants, qu'elle croyait être la seule à savoir qu'il aimait le savon à la lavande, que le nylon irritait sa peau, qu'il lui fallait vérifier deux fois que tout était bien éteint dans la maison avant de pouvoir dormir... Parce qu'il avait besoin d'elle pour l'aider à attacher ses boutons de manchette, retrouver les clés égarées, les lunettes perdues, elle s'était dit : « C'est gagné. » Vous pensez, le savon, le nylon, les tics et les manies, tous ces ruisseaux qui se transforment en fleuve, ce quotidien qui forge l'amour... Et en toute sérénité, elle avait continué à utiliser son trousseau de pensionnaire, revêtir son uniforme pour aller travailler, sans même imaginer que quelqu'une, vêtue de nouveauté, de satin et de soie, ferait dévier le fleuve et chavirer le bateau.

« Ce soir, il faudra que nous parlions, Marie-Line. » Le salaud ! Il aurait pu ne pas attendre que j'aie du blanc dans mes cheveux, des rides au coin des yeux, une chair moins ferme, quarante-quatre ans !

Le téléphone sonne. J'y cours comme à l'éclaircie, la main tendue. Un instant, j'avais oublié que je n'étais pas seule au monde.

— Salut, M'man, dit Laure. Mat' est de retour ?

— Il est rentré cette nuit.

— On peut venir dîner demain avec Thibaut ?

— Ce soir, venez ce soir !

Je l'ai crié, et je serre l'appareil, je le broie dans ma main pour faire barrage aux larmes. C'est simple : quand je pleure, je ne peux plus sortir un mot.

— Quelque chose ne va pas, M'man ?

— Si, si, ça va. Seulement, je ne suis pas sûre que nous soyons là demain.

— Une minute, please.

J'entends ma fille parlementer avec son Thibaut. Ils ont tous deux vingt-cinq ans, elle est secrétaire intérimaire, lui fait de la recherche. Depuis un an, ils vivent ensemble.

— Ça va pour ce soir, M'man. Tu veux qu'on apporte quelque chose ?

— Rien ! Mais viens tôt, tu m'aideras.

— Promis.

Un bruit de baiser et elle raccroche. Oui, viens tôt, viens avant qu'il ne rentre, qu'il ne me dise que c'est fini. Combien de temps ai-je gagné en invitant ma fille et son ami à dîner ? Deux, trois heures ? Et quelle est cette question à laquelle il me paraît soudain vital de répondre : depuis combien de temps Matthieu ne m'a-t-il pas présenté ses poignets pour que j'attache ses boutons de manchette ?

N'ai-je pas lu quelque part que Joséphine, l'épouse de Napoléon, avait compris qu'elle l'avait perdu le jour où il avait cessé de lui demander de sucrer son café ?

— Monsieur a pris son courrier, m'avertit la gardienne. Vous savez qu'on va souffrir, cet hiver. La tortue de ma fille s'est enterrée si profond qu'elle ne la retrouve plus.

A présent, ils sont deux balayeurs vêtus de vert et d'orange à pousser les feuilles mortes de ce pays qui n'est pas le leur ; ils ont fait plusieurs tas où le vent grappille.

C'est un matin d'octobre, un matin comme les autres. Une femme court vers l'arrêt de l'autobus, craignant de le manquer, se demandant si elle a encore envie de vivre.

Chapitre 2

Il s'appelle Tristan. C'est un petit garçon de six ans aux boucles châtain, aux grands yeux noirs. La première fois que je l'ai vu, il se tenait accroupi dans un angle de la salle d'attente, le front sur les genoux ; on aurait dit qu'il essayait de se fondre dans le mur, de passer inaperçu pour échapper à un danger.

Le danger qui menace Tristan est en lui-même ; mon métier est de l'aider à le découvrir. Je suis psychomotricienne : par le jeu, je m'emploie à nouer un dialogue avec des enfants captifs d'un malaise ou d'une peur qui les empêche de vivre et qu'ils ne savent expliquer. Ensemble, nous essayons de faire la lumière sur l'origine de leur trouble, de réconcilier un corps et un esprit qui, bien souvent, se combattent. Ainsi auront-ils leur chance de devenir un jour des « personnes » indépendantes et responsables.

« En somme, tu les branches », remarque Laure.

Il y a de cela ! Mais, pour rétablir le courant, il faut d'abord tenter de découvrir quand et pourquoi, en cet être innocent, la lumière a cessé de passer.

Pour Tristan, c'est il y a un an que tout a

commencé. « Avant, m'a affirmé sa mère, c'était un gamin sans problème, comme l'étaient ses sœurs aînées. »

Et voilà qu'au retour des grandes vacances, il perd l'appétit, devient agressif, refuse, à l'école, de se mêler aux autres. Alertée par la maîtresse, la mère a décidé de consulter. Et c'est ainsi qu'après les tests d'usage qui ont montré une intelligence élevée, Tristan m'a été confié. Nous nous voyons une fois par semaine.

Les murs de la pièce où je reçois mon petit patient, à l'hôpital, sont bleu clair, ornés de nombreux dessins d'enfants. Tristan est assis sur le sol, près du carton à jouets. Je m'installe de l'autre côté de celui-ci. L'enfant m'observe, mais semble décidé à ne pas bouger. Je sors du carton différents objets, choisissant ceux qui, généralement, plaisent aux garçons : des voitures, un camion, des cubes. J'ai remarqué, lors de la dernière séance, que Tristan s'intéressait plus particulièrement à un petit cheval brun sur roulettes ; je le pousse vers lui. L'enfant cache aussitôt ses mains derrière son dos. Je lui demande :

— Le cheval a-t-il fait une promenade ce matin ? Est-il allé galoper un peu ?

Il me fixe d'abord sans répondre, puis il prend un camion et le lance en direction du jouet ; le camion s'arrête avant de le rencontrer.

— Il ne peut pas faire une promenade, remarque-t-il d'une toute petite voix.

— Alors je suppose qu'il reste à l'écurie, dis-je. Est-ce que tu penses qu'il est malade ?

Le visage de Tristan s'est crispé. Il envoie une autre voiture, puis une autre jusqu'à ce que le cheval finisse par tomber.

— Il n'est pas malade, il est tué, me répond-il dans un souffle. Et c'est bien fait pour lui.

A présent, il prend des cubes et commence à élever un muret entre le jouet et lui. Il n'est pas très adroit et, lorsqu'un des cubes tombe, son visage se crispe douloureusement.

— Ah bon, dis-je. Il est donc mort, ce cheval. Sans doute a-t-il eu un accident ?

Tristan ne répond pas ; il continue à monter des cubes autour du cheval comme pour s'en protéger. C'est la première fois qu'il manifeste si clairement une émotion. Que représente ce jouet pour lui ? Sera-t-il, entre lui et moi, entre lui et sa souffrance, une sorte de médiateur ? S'en servira-t-il pour me dire et se dire à lui-même ce qu'il éprouve et ce qu'il craint ?

Des questions montent à mes lèvres, plus précises. Je les retiens. Si je brusque les choses, l'enfant risque de se refermer, de monter autour de lui les mêmes murs qu'autour du cheval. Mon rôle consiste à l'écouter, lui montrer que je le comprends et l'accompagne dans sa tentative pour sortir de la nuit. Lui seul connaît le chemin.

Le cheval a disparu. Tristan semble à présent s'intéresser à d'autres jouets. Quelque part, une sonnerie de téléphone résonne. « *Ce soir, je lui parlerai, c'est promis, mon cœur.* » Sous la violence du souvenir, un vertige me traverse. Je ferme les yeux. J'ai envie, moi aussi, de me mettre en boule dans un coin ; je ne veux pas quitter cet hôpital. Je demande à être prise en charge, à n'avoir d'autre choix qu'obéir. Je refuse de rentrer à la maison ce soir pour m'entendre dire qu'on m'abandonne.

Un bref frôlement sur ma manche me ramène à la réalité, et c'est dans ma nuit qu'une lueur s'allume :

Tristan m'a touchée ! C'est la première fois, et, croisant son regard qu'aussitôt il détourne, je me demande si ma souffrance n'a pas, de quelque manière, fraternisé avec la sienne.

Chapitre 3

— Moi, raconte Bernadette, c'est par le bridge, figure-toi, que j'ai récupéré le vieil Emile. On m'avait dit qu'autrefois, il avait été un as, alors j'ai préparé des problèmes. J'étalais mes cartes devant lui et je lui posais des questions ; je l'appelais « le champion ». Il me semble que c'est ce mot qui l'a réveillé. Ses premières paroles ont été pour m'engueuler ; il paraît que j'avais fait une erreur grossière. Le champion !... Finalement, les hommes restent toute leur vie des petits garçons qui ont besoin d'être admirés.

Ma jeune collègue rit. Elle s'occupe plus volontiers d'adultes. Emile, soixante-dix-huit ans, aphasique depuis la mort de sa femme, était menacé d'internement. Sa famille le croyait gâteux. Un jeu de cartes, un regard admiratif, et Bernadette l'a « rebranché »...

Il est midi. Nous venons de commander deux croque-monsieur dans la grande brasserie située en face de l'hôpital. C'est l'heure de pointe et on a du mal à s'entendre. Autour de nous, chacun raconte, se raconte. Si l'on additionnait les « *moi, je* », on en remplirait des pages. Ces si importants « *moi, je* » qui, la première fois que l'enfant les prononce, indiquent qu'il commence à s'accepter comme une véritable personne...

Notre table est en terrasse ; à la devanture d'un kiosque à journaux, une jeune femme dans une position érotique offre un numéro de téléphone et ces mots : « Appelle-moi. » Il me semble qu'elle me nargue.

Et soudain je n'entends plus Bernadette. La jalousie, la peur de perdre l'autre, c'est comme une fièvre : tout vous agresse, l'épiderme est à vif, la vue brouillée.

Et si j'avais tout inventé ?

Je supprime deux mots : « mon cœur », et l'échafaudage de soupçons s'effondre. Matthieu chuchotait ? C'était pour ne pas m'éveiller ! Il promettait de me parler ? Mais il y a dix sujets importants dont il peut vouloir discuter avec moi : son père — inconsolable depuis la mort de sa femme —, l'avenir d'Olivier, son travail... Je supprime le « mon cœur » et je suis à nouveau une femme heureuse, passionnée par son métier, déjeunant agréablement avec une amie.

Je me lève ; cette autre douleur, moins brûlante mais plus sournoise, c'est l'espoir.

— Pardonne-moi, Bernadette, je viens de me souvenir... quelque chose que j'ai oublié chez moi, il faut que je file...

Les yeux écarquillés, mon amie me regarde poser un billet près du croque-monsieur auquel je n'ai pas touché. « Je t'appellerai. » Je cours vers la sortie, je galope sur le boulevard, arrête un taxi : « Neuilly, rue... » Mon cœur bat à tout rompre, j'étouffe de peur et de hâte : « Monsieur, plus vite s'il vous plaît ! »

J'en suis certaine à présent : j'ai tout inventé.

Le silence de l'appartement m'a frappée. Voici plus d'un an que les enfants n'y habitaient plus et je n'étais pas encore habituée à y retrouver les choses en ordre : les cendriers vides, les journaux en pile, le contenu du réfrigérateur intact, mes produits de beauté à leur place sur les étagères de la salle de bains...

Il m'arrivait d'avoir envie de laisser une lumière allumée pour le premier qui rentrerait.

Je suis allée directement dans le bureau de Matthieu, ancienne chambre d'Olivier. A peine notre fils parti, il s'était installé chez lui. Moi, j'aurais préféré qu'il attende un peu : et si Olivier décidait de rentrer, de reprendre ses études ? N'allait-il pas se sentir définitivement chassé de la maison ? Matthieu s'était entêté : depuis toujours, il rêvait d'avoir sa pièce à lui, d'y rapatrier les reliques qu'il gardait à Caen, ses livres et ses cahiers de classe, ses diplômes, ses trophées. Après la mort de sa mère, il y avait dormi plusieurs nuits.

J'y suis entrée comme une voleuse. Pour la première fois, j'allais m'abaisser à fouiller ses affaires. Je me suis assise derrière son bureau, le cœur battant : il allait rentrer, il me regarderait, stupéfait, accusateur. « Que fais-tu là ? »

J'ai ouvert tous les tiroirs. Que cherchais-je exactement ? Des lettres, des photos ? Il n'y avait que des factures, quelques contraventions, d'anciens carnets de chèques et toutes ces babioles inutiles que l'on se promet de jeter demain.

Dans le tiroir du bas se trouvait une enveloppe brune marquée : « Cartes de crédit. » Matthieu n'utilisait celles-ci qu'en voyage. Je ne sais ce qui m'a poussée à l'ouvrir. Elle contenait des relevés de banque ; les derniers dataient de septembre, époque à laquelle mon mari avait passé quelques jours à Genève.

Genève ?

Le feuillet que je tenais entre mes mains portait la note d'un grand hôtel au Maroc, celle de la location d'une voiture à Marrakech, le nom d'un bijoutier dans cette même ville. Voilà, je savais, j'avais ma preuve ! Et, en plus de la souffrance, m'envahissait, comme une eau sale, le sentiment d'avoir été volée : tout cet argent dépensé pour une autre ! Moi, il ne m'avait jamais emmenée au Maroc.

Ouvrant machinalement le sous-main, j'y ai trouvé la photo.

Hier, je ne m'y serais pas arrêtée, je la connaissais par cœur, cette photo, prise à Saint-Raphaël en juillet dernier, alors que nous séjournions chez des amis. Nous étions une dizaine sur le cliché, le bras de Matthieu entourait mes épaules ; devant notre groupe, assises en tailleur, deux jeunes femmes riaient comme des collégiennes : Sophie, la fille de notre hôte, et sa cousine Priscille.

J'ai su tout de suite que c'était elle, Priscille aux longs cheveux blonds, au sourire éclatant, vingt-huit ans. Passionnée de bateau — ce qui n'est pas mon cas —, elle avait passé ses journées en mer avec Matthieu et, lorsqu'elle nous avait quittés pour se rendre en Italie, il avait tenu à l'accompagner jusqu'à l'aéroport de Nice.

L'original de la photo, de meilleure qualité, se trouvait toujours à sa place dans l'album ; il en avait fait exécuter un autre tirage

Un jour, j'avais quinze ans, passant mes vacances à Guéthary, j'avais failli me noyer. Je nageais avec des amis lorsque le courant avait enlacé mes jambes, m'entraînant au large. J'aurais dû crier, appeler à l'aide, je m'en étais sentie incapable. Suivant le conseil souvent entendu, je n'avais pas cherché à lutter, je m'étais laissé emporter, et soudain la force avait faibli, puis disparu.

Personne n'avait rien su.

J'ai posé la main sur le téléphone : maman, Charlotte, les amis, je ne manquais pas, autour de moi, de personnes prêtes à m'écouter et à m'aider. Pourtant, je ne me décidais pas à décrocher. J'ai toujours eu un certain mal à faire partager mes soucis. Mon bonheur aussi.

Il y avait aujourd'hui une autre raison à ce silence : Matthieu ne m'avait encore parlé de rien. Et tant qu'il se tairait, cette histoire ne serait qu'une brève aventure comme les précédentes. Je ne devais pas, en l'ébruitant, lui donner de l'importance.

Je ne travaille qu'à mi-temps à l'hôpital. L'après-midi, je fais un peu de clientèle privée. J'avais rendez-vous à trois heures dans le 15e arrondissement avec une petite Sabine qui s'arrachait les cheveux.

J'ai essayé de manger quelque chose; déjà, ce matin, je n'avais pas pris de petit déjeuner et je me sentais dans un brouillard. Mais les larmes qui ne cessaient de couler, malgré mes efforts pour les retenir, le silence de cette maison, autrefois si joyeuse, et qui me paraissait être le reflet de ce qui m'attendait, nouaient ma gorge. Rien ne voulait passer et je n'ai réussi à boire qu'un peu de jus de fruit. J'ai toujours eu très peur de la solitude.

Lorsque je me suis retrouvée dans la rue, le vent s'était levé et les trottoirs se couvraient à nouveau de feuilles. J'en ai ramassé une ou deux et les ai mises dans ma poche. J'avais besoin de tendre la main vers ces infimes bouées. Demain matin, quand j'entendrais le bruit du balai de branchages, où en serait ma vie ?

En passant, je me suis arrêtée chez le traiteur où j'ai commandé pour le soir une tourte aux fruits de mer. Ils la réussissent très bien, la pâte en est légère, le poisson et les coquillages frais. Je fais toujours rajouter quelques calamars pour Matthieu qui en est friand.

— Alors, c'est fête, madame Roussel ? a demandé la charcutière. Vous serez combien ?

— Seulement quatre, ai-je répondu. Mais voyez large, mes hommes ont de l'appétit !

Chapitre 4

Cette amazone casquée, perchée sur sa moto, ployant sous la bosse d'un gros sac à dos, pétaradant au milieu de la rue, c'est ma fille, c'est Laure !

Elle a tenu promesse, il est tôt : sept heures et quart. La pluie tombe depuis un moment, traversée par les brusques bouffées d'un vent chasseur qui lève en moi des odeurs de promenade, des chuintements de bottes et de cirés, et me rend mon enfance, ma Bretagne.

Comme Laure arrive en bas de la maison, elle lève les yeux pour voir s'il y a de la lumière. Ils ont toujours fait ça, les enfants, en revenant de l'école, du lycée, de l'université : vérifier que c'était allumé, qu'il y avait bien quelqu'un.

Il y a sa mère, sur le balcon, qui lui fait signe. Elle monte son engin sur le trottoir, l'enchaîne à la grille, retire son casque et secoue l'autre casque, de cheveux blonds. « Salut, M'man, j'arrive ! »

Bien qu'elle en ait conservé la clé, je vais lui ouvrir la porte. Lèvres fraîches, joues mouillées contre les miennes.

— Ça va ? Tu avais une drôle de voix, ce matin

— Un rhume qui couve.

Voilà qui expliquera mon nez et mes yeux rougis. Ma fille va poser directement son sac à dos sur la machine à laver : « J'ai mis deux ou trois frusques de Thibaut, ça ne t'ennuie pas ? » Puis elle passe par sa chambre où sont restées la plupart de ses affaires, le studio de son compagnon étant minuscule. D'un doigt accusateur, elle désigne la planche à repasser et le panier à linge.

— On s'installe ?

Je ne peux m'empêcher de rire.

— Pour repasser *tes* « frusques », si tu permets...

— Je permets, mais je veux garder ma place partout, qu'on se le dise : ici, à l'Auberge, chez Thibaut... A propos, Olivier passera prendre le dessert, pas de problèmes ?

— Aucun... Tu aurais dû lui dire de venir dîner.

— Monsieur n'était pas libre.

Son ton me semble un peu contraint : me cacherait-elle quelque chose ? Je me secoue : vais-je me mettre à suspecter tout le monde, voir des complots partout ? Nous passons à la cuisine préparer le dîner.

Laure est l'aînée : vingt-quatre ans, deux de plus qu'Olivier. « La petite bombe », l'a surnommée son père. Menue, rondelette, elle a toujours fait preuve d'une volonté de fer et d'un optimisme à tout casser, mélange parfois explosif, en effet. Elle a les cheveux blonds et les yeux bleus des Roussel.

Regard vert, tignasse brune, 45 de pointure, c'est le petit-grand frère, de mes deux enfants le plus vulnérable. Laure l'a toujours protégé. Lorsqu'il a décidé d'abandonner ses études de droit pour se consacrer au théâtre et qu'il a quitté la maison, quand Matthieu, ulcéré, lui a annoncé qu'il devrait désormais se débrouiller seul, elle a plaidé pour lui. Le physique d'Olivier plaît ; il s'en tire à peu près grâce à de la publicité pour la télévision.

Aurait-il souffert de l'admiration que manifestait son père à Laure ?

Le couvert est mis, la tourte au four, la salade épluchée ; il suffira d'une allumette sous le potage lorsque tout le monde sera arrivé. En attendant, nous prenons l'apéritif au salon. Je parle de Tristan à Laure : que s'est-il passé dans la tête de ce petit garçon que les tests s'accordent à trouver plus intelligent que la moyenne ? Parviendrai-je à découvrir ce qui l'a « arrêté » ? Je pense à un petit cheval derrière un muret de cubes. Un cheval... Il faudra que j'interroge la mère.

— Voilà Mat' !

Laure saute sur ses pieds. Une clé tourne dans la serrure. L'angoisse noue ma gorge ; ce n'est pas mon mari que j'attends, mais un étranger, presque un adversaire. Sera-t-il contrarié que sa fille soit venue dîner ? Il a dû reconnaître sa moto devant la maison ; ils l'ont choisie ensemble.

— Aurions-nous de la visite ? crie-t-il joyeusement depuis l'entrée.

— A ton avis ? répond Laure.

Matthieu apparaît à la porte. Dans son visage hâlé, ses yeux me paraissent plus clairs que jamais. Bien sûr, ce n'est pas à Genève qu'il a passé ces derniers jours ! Où l'a-t-il emmenée, cette fois ?

— Tu as intérêt à surveiller ta femme, remarque Laure, suspendue au cou de son père. Elle en est à son second porto.

Je parviens à rire : « On dit qu'il faut nourrir sa grippe, moi, je préfère l'abreuver ! »

Matthieu s'est approché :

— Tu es grippée ?

— Ça monte... Ne m'embrasse pas.

Sa fille toujours accrochée à lui, il se tourne vers la table et désigne les quatre couverts.

— Quelqu'un d'autre au programme ?

— Votre rival, sir !

Il lâche un grondement de fauve, fait mine de mordre. Laure s'échappe. Matthieu n'a pas apprécié qu'elle s'installe chez Thibaut : il est pour le mariage.

Tandis qu'elle lui prépare un whisky comme il l'aime — eau plate et plusieurs glaçons —, il se met à l'aise, retire sa veste, dénoue sa cravate, s'installe dans son fauteuil. Je croyais que lorsqu'on avait « son » fauteuil à la maison, on ne songeait plus à le quitter... Comme Laure lui présente son verre, il la saisit et l'installe sur ses genoux. J'imaginais que lorsqu'on aimait tant sa fille, on ne pouvait envisager d'abandonner celle qui vous l'avait donnée...

— Ton rival a eu de l'avancement, annonce-t-elle triomphalement. Au labo, il est considéré comme un petit génie. Je vous dis ça comme ça, simplement pour que vous sachiez à qui vous avez à faire.

Le génial rival est arrivé, portant cérémonieusement un pot de fleurs... sans fleur. On ne voyait, à la surface de la terre, qu'un fin tapis de cailloux blancs.

— La surprise est dessous, a-t-il déclaré en me l'offrant. Si tout se passe bien, elle devrait s'épanouir en avril. Elle réclame un climat tempéré, quelques gouttes d'eau minérale chaque jour et de douces paroles.

— J'y veillerai.

Les yeux de Thibaut m'ont souri derrière les larges lunettes. Je me sentais une grande tendresse pour lui ; son cadeau lui ressemblait, on ne savait jamais très bien s'il était là ou non, ce qu'il allait vous dire. Laure l'appelait son « poète ».

Le dîner a été animé. Notre savant nous a parlé de ses recherches sur les rats, plus précisément sur le foie des rats, et, à plusieurs reprises, il nous a fait rire aux éclats. La tourte aux fruits de mer était excellente, le porto et le vin aidant, je n'arrivais plus du tout à croire à ce que je venais de découvrir. Ce n'était pas possible que Matthieu songe à casser tout ça, il serait fou ! Ce serait comme abattre le plus bel arbre du jardin !

Olivier est arrivé au fromage et, à nouveau, au regard qu'il a lancé à Laure, il m'a semblé qu'il se tramait quelque chose. Je n'ai pas eu à m'interroger longtemps.

— Si cela ne vous ennuie pas trop, soyez à la maison samedi à onze heures, a déclaré notre fille du ton neutre dont elle aurait constaté que la pluie avait cessé de tomber.

— Ah bon, et pourquoi ça ? a demandé Matthieu distraitement.

Il était très absorbé par la dégustation de son pont-l'évêque. Matthieu et le fromage ont toujours été un fameux sujet de plaisanterie à la maison. Il s'en affirme le grand prêtre et a toutes sortes de théories sur la façon dont il faut le déguster, quel vin, quel pain doivent l'accompagner.

— Eh bien, parce que les parents du jeune garçon plein d'avenir que vous voyez à votre table viendront vous rendre visite, a poursuivi Laure en désignant Thibaut. Toutes chances que M. de Marcey porte des gants blancs.

Le couteau de Matthieu a tinté contre l'assiette :

— Veux-tu dire...

— Que nous régularisons ? Eh oui, a soupiré Laure. L'atavisme, vous savez ce que c'est !

Le sanglot est monté en moi, irrépressible, plein de toute cette folle, cette terrible journée. J'ai enfoui mon visage dans ma serviette. « Eh bien M'man, eh bien, fallait le dire que le mariage, tu y tenais tellement ! », s'est exclamée Laure. Son bras est venu autour de mes épaules, je faisais « oui », je faisais « non », j'étais l'enfant perdu, et c'était ma fille qui soudain devenait la mère, la femme aimée.

Matthieu se taisait.

— Les parents de Thibaut sont complètement K.O., eux aussi, si ça peut vous consoler, a repris ma fille. On les a avertis hier.

— ... et j'ai moi-même appris l'heureuse nouvelle avant-hier, a enchaîné Thibaut. Lorsque Laure m'a demandé ma main.

Le rire d'Olivier a éclaté, un peu strident, plein d'émotion.

— Je dois pourvoir à tout, être sur tous les fronts, a protesté Laure. Monsieur ne pense qu'à courtiser ses rats.

J'ai sorti mon visage de ma serviette ; je n'arrivais plus à rassembler deux idées ; Matthieu a eu un sourire crispé.

— Avant-hier Thibaut... hier, ses parents... nous, aujourd'hui... Je suppose que vous vous mariez après-demain ? a-t-il demandé.

— Plus exactement le samedi 7 avril, a répondu Laure avec autorité.

— Si tard ?

Cela avait été un cri du cœur, presque un cri de douleur, et tous les regards se sont tournés vers Matthieu.

— Tu trouves ça tard ? a protesté Laure. Mais on

veut un vrai mariage, nous, une grande fête avec tout le monde, des tas de cadeaux ! Six mois pour tout préparer, c'est le minimum. Tu en penses quoi, maman ?

— Je pense que c'est votre décision, ai-je dit.

Je n'osais regarder du côté de Matthieu : « six mois d'attente », voilà ce qu'avait exprimé son cri. Signifiait-il qu'il hésiterait à gâcher la fête de sa fille en se séparant de moi avant le mariage ?

— A propos, il y a un oncle évêque chez les Marcey ; il est même missionnaire en Afrique. Si vous n'y voyez pas d'inconvénient, il bénira l'union.

Le visage radieux, Laure racontait : ses futurs beaux-parents vivaient en Anjou, dans le petit château de famille : « Montplaisir », depuis que M. de Marcey avait pris sa retraite. Thibaut avait trois sœurs et un frère aîné, tous mariés. Le concubinage n'étant pas le genre de la famille — alors là, pas du tout ! —, elle était censée habiter toujours chez papa-maman, et nous avions intérêt à surveiller nos propos.

Un sourire absent aux lèvres, Matthieu écoutait. Il avait renoncé à manger son fromage ; en revanche, mon Olivier, après avoir pratiquement vidé le plateau, s'attaquait au reste de la tourte. J'avais bien fait de commander large.

Jusqu'au malaise, le besoin de sortir montait en moi, la nécessité de me retrouver seule pour faire le point, savoir si je pouvais ou non espérer.

— Je vais chercher les fruits !

J'ai ouvert la fenêtre de la cuisine et m'y suis penchée. De la cour — qui m'apparaissait comme un puits — montaient les bruits, les odeurs du quotidien. En face, une femme faisait la vaisselle en écoutant un transistor. Avril... Allais-je avoir droit à six mois de sursis ?

— Ils réclament du champagne, a dit Matthieu. Je vais faire un saut à la cave.

Je me suis retournée ; il se tenait sur le seuil de la pièce, l'air crispé, comme un enfant, un homme puni. J'ai trouvé la force de sourire :

— Mais il sera tiède, ce champagne...

— Ta fille y tient quand même, a-t-il répondu avec humeur.

Hier, j'aurais couru vers lui, je l'aurais embrassé, serré contre moi. J'aurais, en riant, ébouriffé ses cheveux : quel drôle d'homme, quel drôle de père ! J'ai pris, au mur, la clé de la cave, la lampe de poche et les lui ai tendues.

— C'est plutôt une bonne nouvelle, tu ne trouves pas ?

— Bien sûr que si ! Mais ils ont une façon de vous les assener, leurs bonnes nouvelles !

Il a tiré le verrou de la porte de service. Je me sentais comme au bord d'un précipice. On dit que le vertige pousse certains à faire le saut ; je l'ai compris à cet instant. J'ai suivi Matthieu sur le palier.

— Toi qui avais à me parler, qui voulais qu'on soit tranquilles ce soir, ça tombe mal, me suis-je entendu dire. Ce n'était pas trop urgent, j'espère ?

Dans le salon, on a entendu le rire des enfants.

— J'avais à te parler, moi ? a grommelé Matthieu.

Il était déjà au second étage. J'ai laissé la porte ouverte et suis revenue au salon. La table avait été désertée. A genoux sur la moquette, Laure fouillait dans le tiroir aux photos. Sous le regard ravi de Thibaut, Olivier récitait un poème à la plante mystérieuse.

— Il espère la faire sortir par son talent, m'a

confié mon futur gendre. Il ignore encore, à son âge, que toute chose ne vient qu'à son heure.

Lorsque serait venue, pour la plante, l'heure de me révéler ses couleurs, où en serait ma vie ?

— Enfin, je l'ai ! s'est exclamée Laure.

Elle m'a mis sous le nez la photo qu'elle cherchait.

C'est le printemps. On le voit aux aiguilles d'or des genêts, aux frênes en fleur, à une certaine tendresse de la lumière sur le pourpre des pivoines. Au cœur d'une pelouse, une jeune femme en tulle blanc sourit à un jeune homme en jaquette, l'air un peu guindé.

— Telle mère, telle fille, a déclaré Laure. Je me marierai à l'Auberge, comme toi. La Patronne est prévenue ; elle n'y voit pas d'inconvénient.

Chapitre 5

Un croisement hardi entre fermette normande et chalet suisse, un parc-potager où les souples saules pleurent sur des plants d'oseille, où les raides sapins — la plupart rescapés de Noël — montent la garde autour des fraisiers, tandis que la rhubarbe voisine avec l'œillet, le haricot avec la rose pompon, le tout à l'avenant, et vous avez l'Auberge, à quelques kilomètres de Versailles.

Voyant sa maison envahie chaque fin de semaine, chaque grandes et petites vacances, par la horde familiale, ma grand-mère lui avait trouvé ce nom, s'inspirant sans ironie aucune de l'œuvre de la comtesse de Ségur, *L'Auberge de l'Ange gardien.*

L'ange ayant en sa personne regagné le ciel, deux autres ont pris le relais : ma mère et sa sœur aînée, toutes deux septuagénaires, toutes deux veuves et qui, lasses de se visiter et de se chamailler par téléphone interposé, ont décidé un beau jour de s'installer ensemble au vert. Oui, un beau jour pour la famille !

Ce sont les enfants qui ont baptisé maman « la Patronne » — de l'Auberge, bien entendu. Lorsqu'on nous demande d'où vient le surnom de notre tante :

« Joyeuse », on n'ose pas toujours répondre qu'il suffit de placer devant le mot « veuve » pour comprendre. L'époux était un ours tyrannique qui se réservait tout le miel de la vie. Dès le repas d'enterrement, sa femme se découvrait de l'appétit. Puis, comme en ces « cahiers magiques » de l'enfance où le crayon faisait apparaître de beaux dessins cachés, au frottement d'une nouvelle existence, cette petite personne que l'on disait « effacée » dévoilait ses contours, devenait une bonne et allègre vivante, férue de liberté, curieuse de tout. Et le médecin de famille constatait avec effarement qu'à un âge où l'on a plutôt tendance à diminuer, soulagée du poids de son mari, elle avait gagné plusieurs centimètres !

C'est maman qui lui a trouvé son surnom.

Onze heures sonnent au clocher du village lorsque je gare la voiture dans la cour de l'Auberge. Le parc baigne dans une lumière rousse. Sapristi-le-chien me fait fête. A une fenêtre, au-dessus d'une plantation de thym au citron, apparaît le visage de Joyeuse ; la nouvelle couleur — dans les rose-mauve — de ses cheveux, est du plus surprenant effet. Joyeuse n'a pas renoncé à séduire.

— Bienvenue, ma chérie ! Ne referme pas la grille, on a de l'arrivage.

C'est vrai, nous sommes mercredi, jour de congé, jour d'invasion ! Je rejoins ma tante près de ses fourneaux. Cuisine et potager, c'est elle. Fleurs et organisation, c'est la Patronne.

Sur la grande table de bois, tout est prêt pour les « hamburgers » dont les enfants feront leurs délices, tandis que les adultes savoureront le passé avec ce qui mijote dans la cocotte.

— On attend qui ?

— Ta sœur et ses tout petits. De mon côté, je n'en sais rien. Ne le leur dis pas, mais j'ai renoncé à compter. Nous, à l'école, on n'apprenait pas la théorie des ensembles !

Les cinq enfants de Joyeuse ont chacun donné le jour à une nombreuse progéniture ; tout s'est compliqué avec les « demi », frères et sœurs d'autres lits, conséquences de deux remariages. Dans sa foi, notre tante privilégie le mot « amour » ; aussi offre-t-elle un égal accueil à tous les innocents qu'on lui amène.

Résultat ? Une cloison a dû être abattue pour doubler la cuisine : quatre fenêtres, quatre portes, c'est la plus belle pièce de la maison. Et aussi la plus moderne, avec son four à micro-ondes, ses machines à moudre, découper, broyer, faire mousser. Sans compter le congélateur géant, caverne d'Ali Baba des gourmands. L'ange a épousé la fée électricité !

Nous passons côté parc. Ces flammes qui crépitent là-bas, c'est pour les enfants ; puisque le feu les a toujours attirés, autant qu'ils y jouent en plein jour, à bonne distance de la maison. Ils y feront cuire, tradition oblige, les pommes de terre de la ferme voisine, dans leur robe des champs. Le jardinier en salopette et bottes de caoutchouc, agenouillé dans l'herbe, c'est maman !

— Dis-lui de se ménager, recommande Joyeuse. Nous serons bien avancées quand elle aura démoli son dos ! N'oublie pas que notre génération ne bénéficiait pas des hormones pour les os.

Dans sa voix, un gros regret. Je compatis. Et avant qu'elle ait pu m'en empêcher, retrouve les mauvaises habitudes et sors par la fenêtre, via le tabouret d'épluche.

Sous la caresse du soleil, le jardin se désembrume il bruit, chuchote, crépite en mille étincelles secrètes qui enflamment les souvenirs. Yeux mi-clos, narines larges ouvertes, visage offert, je réintègre mon territoire sous l'amicale surveillance de Sapristi qui, pour montrer ses titres de propriété, lève la patte tous les deux mètres.

Maman s'est redressée en me voyant venir.

— Je plante pour ta fille ! annonce-t-elle.

Alors les digues lâchent : tout ce que j'ai retenu depuis lundi déferle. C'est que, durant un instant, retrouvant la maison, j'avais oublié, imaginé que tout était comme avant. Je m'abats contre ma mère, retenant le cri : « Maman, il ne m'aime plus, il va partir ! »

— Allons, allons, dit la Patronne.

Elle me prend à bout de bras pour lire ce que j'essaie de lui cacher.

— C'est donc vrai ce que Laure raconte ? Il paraît que ce mariage te met sens dessus dessous ? Tu aurais même pleuré ?

Je le lui prouve en remettant ça.

— Viens voir, ordonne-t-elle.

... les noyers qui se sont surpassés cette année, les quetsches qui tirent les branches jusqu'à terre, le muret qu'un lierre trop gourmand est en train de nous dévorer en douce. Voir ce curieux trou : un lapin ? un serpent ? un rat ? Retrouver ce qui ne disparaît chaque année à cette même époque, que pour mieux revenir. Et me rappeler, auprès de cette jeune vieille dame qui a passé sa vie à planter pour ses enfants et qui dort moins bien s'ils ont des insomnies, qu'elle a atteint l'âge des récoltes et que je n'ai pas le droit de trop peser sur elle.

Je parviens à rire — enfin, si cela peut s'appeler un rire...

— Laure nous a annoncé si brusquement la nouvelle ! Hier encore, elle clamait : « Le mariage, pourquoi ? »

— Eh bien, elle s'est dit : « Pourquoi pas ? », réplique maman. Et Matthieu, il a pleuré lui aussi ?

— Pire... Il a oublié de manger son fromage.

Nouveau rire, partagé celui-là.

— Finalement, ces enfants en avaient peut-être tout simplement assez des dortoirs et des lits en porte-feuille lorsqu'ils venaient ici...

Car si ma mère a accueilli avec enthousiasme le micro-onde et le *fast-food* — à condition qu'ils ne fassent pas partie du quotidien —, sur le chapitre des mœurs, elle n'a bougé que pour applaudir la pilule qui donnait à la femme toute sa liberté. Sous son toit, ne sont admis à partager quatre mêmes murs que les couples mariés ; et ce n'est pas une mince affaire que de répartir la douzaine de clients qui débarquent chaque fin de semaine.

— En ce qui concerne la cohabitation, les parents de Thibaut me semblent être en accord avec toi, dis-je.

— Enfin des gens modernes ! s'exclame maman. Cela commence à se savoir : quand les enfants n'ont plus à se cacher pour désobéir, ils deviennent des navigateurs sans boussole !

Sans hâte, nous revenons vers la maison. Elle est plus cocasse que belle, c'est une vieille actrice vêtue de bric et de broc, mais un rayonnement en émane. Il vient de près d'un siècle de fête familiale, tissée d'affections et de disputes, de rires et de larmes, d'un coin de fourneau où toujours quelque chose mijote pour quelqu'un, ne serait-ce qu'un fond de café. Mais elle vient aussi, cette lumière de l'Auberge, de ses anges gardiens qui, contre vents et marées, continuent de nous rappeler qu'existent des choix forts, des luttes, des buts à atteindre, des motifs d'enthousiasme, des sujets de dégoût ; et que si on l'oublie, on perd le nord.

Là-haut, cette fenêtre ouverte, ce rideau qui vole, c'était ma chambre.

— Pour la noce, dit maman, le seul problème, c'est Joyeuse ! Tu la connais, elle s'est mis en tête d'assurer tout le buffet à elle seule.

Tandis que la Patronne élabore des plans, dresse une tente ici, une autre là, fleurit l'église banc par banc, saint par saint, engage un orchestre pour faire danser la jeunesse, et m'annonce fièrement qu'elle a l'intention, en guise de présent de mariage, d'offrir à Laure et à Thibaut un petit portefeuille d'actions — elle a récemment découvert la Bourse et se croit au casino —, il me semble que je me pose. Déjà je respire mieux. Si Matthieu s'en va, maman, pourrai-je venir souvent ici ?

— Ecoute un peu, voilà les monstres...

Dans la cour, des portières claquent et fusent des cris d'enfants. La mignonnette crépite sous les galops.

Voici Thomas et Camille, petits-enfants de ma sœur, portant le panier de pommes de terre ; voilà Alexis, Florian, Inès, Lucie, de la tribu Joyeuse, armés d'ustensiles divers et de papier d'argent. Tous foncent en direction du feu.

— Et moi, je passe après monsieur Parmentier ? s'indigne la Patronne qui ne perd jamais une occasion d'instruire.

La petite troupe vire sur l'aile et vient se jeter dans les bras de l'aïeule planteuse qui s'est accroupie pour mieux encaisser le choc. Puis les enfants font un cercle autour des braises, et les disputes commencent.

Il y a, il y aura toujours ceux qui préfèrent cuire leurs pommes de terre enveloppées de papier d'argent et ne mangent que la pulpe. Et les autres — les véritables amateurs, je vous dis — qui aiment à sentir craquer sous la dent la croûte bien dure au goût de cendre avant d'en dévorer le cœur.

C'est une volière, c'est un poulailler, c'est une portée de chiots où se perd Sapristi. Je vois, dans l'angle d'une pièce, à l'hôpital, un petit garçon enfermé dans sa peur. Cela peut être en soufflant sur les braises d'un feu de branchages que l'on attise en soi la flamme du bonheur.

Deux bras m'entourent, les yeux de Charlotte brillent.

— Alors, Marie-la-Belle, il paraît qu'on s'apprête à devenir mamie ?

Chapitre 6

Je m'en souviens, nous nous connaissions, Matthieu et moi, depuis bientôt un an. Un matin, il m'avait annoncé : « Je t'emmène chez mes parents. » Il ne m'avait pas encore parlé mariage, mais ce jour-là, j'avais compris qu'il s'engageait.

Nous avions pris le train jusqu'à Caen, en Normandie, où les Roussel tenaient un commerce. C'était dimanche, la rue était calme, comme endormie, le rideau de fer baissé. Dans le logement situé au-dessus du magasin, un couple aux yeux clairs, au regard droit, nous attendait. J'avais remarqué la nappe de fête sur la table, les bols et les assiettes décorés.

Nous avions mangé des crêpes et bu du cidre. Je me sentais bien avec ces gens modestes qui possédaient l'intelligence du cœur et savaient parler de leur vie, de leur métier, avec une calme simplicité. « Tu ne montres pas ta chambre à Marie-Line ? » avait demandé Mme Roussel lorsque nous avions été proches du départ.

La chambre du fils se trouvait sous le toit. Elle n'était guère différente de celles de mes amis : lit-canapé, bureau, pick-up, livres et affiches. Remarquant sur une étagère la petite pile de carnets de notes, j'avais été saisie de tendresse et d'admiration : là, un petit garçon s'était acharné sur ses devoirs, un jeune homme têtu s'était préparé au baccalauréat — obtenu avec mention très bien —, un étudiant boursier qui, durant ses vacances, aidait au magasin, avait passé des nuits blanches pour obtenir son diplôme d'ingénieur. Et tout cela sans aide, sans leçons particulières ni séjours à l'étranger, dans un entourage peu propice, parce qu'il l'avait décidé.

« Nous, on n'y croyait pas trop, m'avait confié M. Roussel. Mais, de toute façon, le garçon n'en a jamais fait qu'à sa tête. »

Sur le quai de la gare, comme le train arrivait, Matthieu avait annoncé à ses parents : « Je crois que Line et moi nous allons nous marier. » C'était ainsi qu'il m'avait demandé ma main.

En somme, dans sa façon d' « assener » les bonnes nouvelles, Laure n'a fait que suivre l'exemple de son père.

M. et Mme de Marcey ont sonné à notre porte samedi à onze heures, comme prévu. Notre fille qui avait, depuis la veille, réintégré sa chambre, était sur le pied de guerre depuis l'aube. Elle avait tenu à choisir elle-même le costume de son père, prétendant qu'il ne connaissait pas le juste milieu entre le pompeux et l'avachi. Ma robe de soie imprimée avait reçu son approbation. A sa demande, Olivier nous avait rejoints.

Ils ont sonné, je suis allée ouvrir et, découvrant en face de moi ce couple aux cheveux blancs qui aurait pu être mes parents, je n'ai pu retenir ma surprise;

j'avais oublié que Thibaut était un « petit dernier », un « tardillon », comme nous disons à la maison.

Paul de Marcey arborait la Légion d'honneur, Ghislaine, sa femme, portait un chapeau. Ils étaient souriants et affables, mais je les sentais, comme nous, assez gênés. Matthieu a déclaré : « Somme toute, nous avons été mis au pied du mur »... Laure s'est empressée de rétorquer : « Pas le mur des lamentations, celui de l'allégresse »... Et l'atmosphère s'est détendue.

La main de notre fille accordée à Thibaut, nous sommes allés fêter l'événement dans un restaurant du Bois de Boulogne. Et c'est là, dans ce cadre luxueux, alors qu'un maître d'hôtel posait cérémonieusement devant moi une crêpe aux fruits de mer, que je me suis souvenue de ces autres crêpes, dégustées à Caen, le jour où Matthieu m'avait fait sa demande.

Ghislaine se penche vers moi ; elle a gardé son chapeau.

— Il paraît que Madame votre mère offre sa maison pour le mariage, dit-elle. C'est fort généreux de sa part.

— Chez nous, c'est une tradition, constate Laure avec fougue. Toutes les filles se marient à l'Auberge.

— L'Auberge ? interroge Ghislaine.

— ... de l'Ange gardien, dit Olivier. Le nom de la maison en question.

— Et Joyeuse se mettra aux fourneaux, déclare Thibaut qui a eu l'occasion d'apprécier les talents culinaires de ma tante. Le Dior du hamburger, c'est elle...

— Joyeuse ? interroge à son tour Paul de Marcey.

— La sœur de la Patronne, explique Laure.

Là, ils sont complètement perdus.

— Dans cette famille, on a la manie des surnoms, intervient Matthieu, une pointe d'agacement dans la voix. La Patronne, c'est la mère de ma femme, et Joyeuse, sa tante. Elles vivent ensemble... à l'Auberge.

Je laisse Thibaut se livrer à un vibrant éloge de la maison et des anges qui l'habitent. Je me suis arrêtée à deux mots, ils me sont doux et douloureux : « *ma femme* ». Matthieu a dit « ma femme »... Je ne savais plus les entendre; j'en redécouvre aujourd'hui le sens parce que je crains de n'y avoir bientôt plus droit.

Le serveur emplit ma coupe de champagne. Des poules faisanes ont succédé aux crêpes marines. Matthieu, pourtant grand amateur de gibier, y touche à peine. Son effort pour être aimable avec nos hôtes me torture. Je peux lire dans sa pensée : « Ils sont vieux, convenus, ennuyeux ». Il rêve d'être avec *elle*.

« Elle »... Je n'ai pas envie de lui donner son prénom, de le mettre sur la sportive, la lumineuse jeune femme blonde de l'été. Cela pourrait être n'importe laquelle, n'importe quel corps plus neuf. Que lui a-t-il dit ? « Ma fille va se marier, il faut patienter... » De quelle façon a-t-elle réagi ? « *C'est promis, mon cœur.* » Pour qu'il ait promis, c'est qu'elle réclamait. Lui a-t-elle reproché de temporiser ? J'entends la voix du père de Matthieu : « De toute façon, le garçon n'en a jamais fait qu'à sa tête. » De toute façon, il me quittera. Mais, en attendant, il se sent pris au piège, je peux lire son exaspération dans ses doigts qui émiettent le pain, ses sourires crispés, l'accent tendu de sa voix. Il voudrait fuir...

Il fuit !

— M'autorisez-vous à donner un coup de téléphone, madame ? demande-t-il soudain à sa voisine.

— A condition que vous m'appeliez Ghislaine.

Olivier suit son père d'un regard inquiet, tandis qu'à grandes enjambées — s'il osait, il courrait — il traverse la salle à manger. Lorsque ses yeux reviennent sur moi, je trouve la force de lui sourire : il ressent tout, mon fils, il ressent trop !

— J'ai une idée, déclare Ghislaine. Si vous veniez passer un week-end à « Montplaisir » ? Pensez-vous que Madame votre mère et... euh... Joyeuse, accepteraient de se joindre à nous ?

— Sans aucun doute, applaudit Laure, ravie. Elles adorent bourlinguer. Elles ont déjà prévu de partir en croisière au lendemain de la noce, quelque part du côté de Java, Krakatoa, tout ça...

— Je commence à comprendre pourquoi on appelle votre tante « Joyeuse », constate Ghislaine en riant. « Montplaisir » n'est pas Java, mais nous y aurons tout loisir d'organiser les réjouissances sans importuner nos hommes. Tandis que nous parlerons « petits fours », ils pourront parcourir le domaine. Marie-Line, votre mari chasse-t-il ?

Justement, le voilà, et c'est un autre homme ! Bien sûr qu'il chasse... Mais il faudra qu'on lui prête un fusil. Et il aime l'Anjou, les vins pétillants au goût de violette de là-bas... Il *l*'aime. A peine s'il tente de dissimuler sa soudaine allégresse. Que lui a-t-elle dit pour accomplir ce miracle ? Un gris mari de cinquante ans est parti téléphoner, un vert jeune homme plein d'appétit est revenu. Fromage ? Oui ! Dessert ? Certainement ! Il doit regretter d'avoir laissé la moitié de son faisan. Et c'est moi qui soudain n'en peux plus et voudrais tout planter là, ce repas, ces gens, cette fête. Hier encore, l'hier du passé, de la joie tranquille, du bonheur aveugle, je me serais tant amusée et régalée ! Nous aurions, avec Matthieu, échangé des regards complices, réprimé des fous rires à entendre les « Madame votre mère ». Mon cœur se serait empli devant les visages éclairés de Laure et de son poète.

Mon cœur est vide, je ne vois que l'envers du décor, la poussière sur les dorures, l'artifice derrière la joie, et, au bout de la fête, la solitude.

— Ça alors ! s'exclame ma fille. On n'avait encore jamais vu ça... Maman calant sur une tarte Tatin, c'est une première !

Chapitre 7

Je venais de retirer avec soulagement ma belle robe trop serrée. J'étais en collant et soutien-gorge lorsque Matthieu est entré dans la salle de bains. Lui s'était déjà changé ; il portait le pantalon de gros velours et sa chemise à carreaux — sa chemise « trappeur » — réservée à la campagne.

Il a déclaré : « Mon père ne va pas bien. C'est lui que j'appelais tout à l'heure. Décidément, il ne supporte pas la solitude ! Je fais un saut là-bas. »

La sonnette d'alarme a retenti dans ma tête : ce ton, cet air buté... Et ce mensonge si maladroit. L'entrain que Matthieu avait manifesté après le coup de téléphone contredisait ses paroles ; mais peu lui importait : il était à bout.

Café, pousse-café, le déjeuner s'était éternisé jusqu'à quatre heures. J'avais vu disparaître peu à peu sa bonne humeur, c'est à peine s'il se cachait pour consulter sa montre. Ses seules paroles, au retour, dans la voiture qu'il conduisait trop vite, comme s'il craignait de manquer un rendez-vous : « Ils sont vieux. »

J'ai bredouillé :

— Tu resteras à Caen tout le week-end ?

— Probablement, a-t-il répondu avec défi. Cela t'ennuie ? Tu avais des projets ?

Cette fois, la sonnette d'alarme a hurlé : Matthieu était sur le point de tout dire, il en brûlait. Un reproche, une plainte de ma part, et les mots viendraient. En somme, il voulait rompre et que ce soit moi qui commence : il était lâche.

— Non, je n'avais pas de projets. C'est pour ton père que je suis ennuyée, ai-je dit sans le regarder. Pauvre René ! Ne le fais pas attendre, va vite !

Il est resté désarçonné. Je ne savais plus que faire de moi, de mon corps. Voilà que je n'osais même pas retirer mon collant devant cet homme qui me connaissait par cœur.

J'ai attrapé un peignoir et m'y suis cachée ; machinalement, j'ai pris la brosse à cheveux. Qu'attendait-il pour s'en aller ?

— Et toi, que vas-tu faire ? a-t-il demandé d'une voix moins rude.

— M'étendre un moment... J'ai bu trop de champagne : la migraine menace.

— Tu as mal à la tête ?

Son exclamation exprimait une véritable inquiétude : il m'aimait donc encore un peu ? J'avais eu, en attendant Laure, d'effroyables migraines. Matthieu partageait ma souffrance ; il ne savait alors que faire pour m'aider.

Je n'avais pas mal à la tête ; même les pires migraines ne m'avaient jamais donné cette envie profonde de disparaître.

— Un peu de silence et d'obscurité et cela passera ; n'oublie pas d'embrasser ton père pour moi.

Il a hésité, puis il est venu effleurer mes cheveux de ses lèvres.

– Bon, je file !

Un moment, il a tournicoté dans la chambre, jetant quelques effets dans un sac, cherchant les lunettes qu'il porte depuis peu pour lire. Je pouvais le voir passer et repasser dans la glace. J'ai ouvert le robinet et fait couler l'eau, je ne sais pourquoi ; pour faire semblant d'agir, d'être là. Peut-être aussi pour qu'il ne devine rien dans ma voix lorsque j'ai crié : « Ne rentre que lundi, tu auras moins de monde sur la route. »

Il n'a pas répondu. Son pas a retenti dans l'entrée et la porte a claqué.

A présent, il descendait quatre à quatre les trois étages. Il passait devant la loge au rideau tiré, comme toujours le samedi. Il montait dans Gélinotte. Une voiture s'est éloignée.

Je suis tombée sur le tabouret, sur ma belle robe. Le danger était conjuré !

Et je desserre mes poings, je lève les yeux vers le miroir, je lis, je juge celle qu'il vient de quitter. Mais elle est affreuse, cette femme, avec son air hagard, ses cheveux plats et ternes, ses yeux cernés ; mais qui pourrait encore la désirer ?

« Tu joueras le jeu comme tout le monde », murmure Charlotte à mon oreille.

Elle avait seize ans et se préparait pour un bal. J'en avait treize et pas encore le droit de sortir. Assise sur le rebord de la baignoire, j'assistais, fascinée, à la métamorphose : la fille qui se rongeait les ongles, oubliait de se laver les dents et les oreilles, portait des bas filés, des chaussettes trouées, se transformait peu à peu en une autre, une plus belle sans doute, une très belle, mais qui me plaisait moins à moi. Etait-ce encore ma sœur, cette fille à la bouche écarlate, aux cils charbonneux, à la coiffure apprêtée ? cette pin-up moulée dans une robe trop décolletée qui adressait dans la glace des grimaces, des rires de gorge à de futurs soupirants ? Ah, j'étouffais pour elle !

« Moi, on m'aimera comme je suis, affirmais-je. Jamais je ne me déguiserai. »

« Toi, tu feras comme les autres, répondait Charlotte. Même les animaux, même les plantes jouent le jeu de la séduction. La femelle doit attirer le mâle, c'est une loi de la nature, ma vieille. Sinon, *mortibus*, l'espèce ! »

Ce n'était pas au bal, mais sur une plage, en tenue de pêcheur, sans maquillage, les cheveux dans les yeux, que j'avais rencontré Matthieu. A quatre pattes dans le sable mouillé, je tentais de déloger, sous l'un de ces gros rochers bretons vêtus d'algues, de chapeaux chinois et d'arcs en ciel, le « dormeur » dont j'avais entendu craquer la carapace. A en juger par sa résistance, c'était un crabe énorme et mon cœur battait. Il me semblait arracher de force un très vieux secret à la mer. « Est-ce que je peux vous aider ? » avait demandé une voix au-dessus de moi.

Un grand échalas suivait mes efforts d'un air amusé. Je lui avais volontiers passé mon crochet.

Le soir même, Matthieu Roussel venait à la maisoin déguster la plus belle prise de notre carrière. Dix-huit mois plus tard, nous étions mariés. Et puisque je lui avais plu « nature », je m'étais crue dispensée du jeu de la séduction et, en toute quiétude, avais laissé aux autres les fards trop voyants, les coiffures apprêtées, les dessous affriolants, et continué à utiliser sans complexe mon « trousseau de pensionnaire ».

Le téléphone sonne. Je cours au salon. Au moment de décrocher, ma main tremble. Et si c'était *elle ?* Matthieu est en retard, elle s'impatiente. Elle va me jeter la vérité au nez : « Il m'aime, nous allons vivre ensemble. » Il paraît qu'aujourd'hui les jeunes femmes sont ainsi : décidées à profiter coûte que coûte de la vie, sans pitié pour celles qui restent sur le carreau.

— Allô ?

C'est la voix d'Olivier et je respire :

— Maman, tu es tranquille ?

Cela veut dire : « Puis-je te parler sans que papa entende ? »

— Je suis tranquille, mon chéri.

— Qu'est-ce qui se passe avec lui ? Je l'ai trouvé bizarre, à déjeuner.

— Il l'était ! D'abord, ce mariage lui fait un coup. Ensuite, ton grand-père ne va pas bien. Tu sais qu'il supporte mal son veuvage. D'ailleurs, Matthieu vient de partir pour Caen.

— Ah bon ?

Olivier ne me croit pas, je le sens. Quand a-t-il découvert que j'étais une femme trompée ? Lorsqu'il a décidé de quitter la maison, d'abandonner ses études, je me suis demandée si ce n'était pas pour n'être plus complice des mensonges de Matthieu, de mes silences. Aurais-je mieux fait d'en parler avec lui ? Mais il avait tant d'admiration pour son père, je craignais de tout abîmer.

Tout est abîmé quand même. Et tout vole en éclats aujourd'hui.

— Il n'y a rien d'autre, maman, tu es sûre ?

— Si ! Il y a autre chose. Les Marcey lui ont porté sur les nerfs. Il les trouve... dinosauriens !

C'est la voix de Ghislaine, merveilleusement imitée par mon artiste, qui retentit soudain à mon oreille : « Joyeuse... euh, la Patronne... euh... L'Auberge, comme c'est charmant... »

Je ris et là-bas, dans la « chambre de bonne » dont je paie en cachette le loyer, il rit aussi, mon fils ; de soulagement, peut-être, de tendresse, sûrement. Parfois, la nuit, je l'enferme en pensée dans mes bras pour le protéger.

— Qu'est-ce que tu fais, ce soir ? s'inquiète-t-il.

— Un film à la télévision, une tisane et je dors. Et toi ?

— Moi, une toile, un snack et les plumes...

Avant de nous quitter, nous partageons un dernier rire.

Je suis sortie sur la terrasse comme s'allumaient les réverbères. Ils annonçaient le silence des oiseaux, la disparition des couleurs, la fin du spectacle ; c'est pourquoi je n'aime pas ces mois-là ; le rideau tombe trop tôt ! Si seulement je pouvais en écarter les pans comme je le fais dans ma chambre avant de dormir, pour voir une petite différence...

Au-delà des toits, on sentait la présence du Bois. Il en montait comme une rumeur, une rousse et verte invitation. J'aurais voulu m'y rendre, mais, passée une certaine heure, les prostitués prenaient le relais des voitures d'enfants, la drogue celui des ballons et des gaufres, et il était déconseillé de s'y promener.

Des cloches se sont mises à sonner la messe du samedi soir. Six heures seulement ? Une famille s'engouffrait dans une voiture, le père s'impatientait : « Pressez, pressez, on va être en retard. » En retard..., en avance... Ces mots n'avaient plus de sens pour moi. Depuis que je craignais de perdre Matthieu, je ne savais plus compter qu'en mois, en vie.

Je me suis tournée vers l'église dont on ne percevait que le carillon et j'ai murmuré : « Mon Dieu, je vous en supplie, faites qu'il me reste ! » Je ne pouvais me faire à l'idée de perdre le petit garçon têtu de Caen, le pêcheur de crabes, mon mari.

Autrefois, au catéchisme, on nous racontait qu'aux quatre coins du monde, à chaque seconde, de semblables prières s'élevaient vers le ciel : « Notre Père » et « Je vous salue Marie ». Tous ces appels, cette douleur et cet espoir projetés, cette immense énergie devaient bien finir par atteindre une autre lumière ?

J'ai recherché les mots, mais trop de bonheur me les avait fait oublier.

Chapitre 8

Un soir très chaud de juillet, nous avions dîné avec des amis à une terrasse des Champs-Elysées. Après le repas très arrosé, l'un des hommes — ce n'était pas Matthieu — avait proposé d'aller voir un film X. Les femmes hésitaient, aussi un pacte avait-il été conclu : tous suivraient la première qui désirerait quitter la salle.

Le film avait déjà commencé. Sur l'écran, une jeune fille plutôt bon genre, vêtue bourgeoisement, se présentait dans une clinique pour un emploi d'infirmière. Le médecin qui la recevait lui expliquait les soins très particuliers que l'on attendait d'elle ; il joignait bientôt le geste à la parole. Naïve et prude au début de l'entretien, la postulante s'enflammait très vite.

C'était elle que je regardais tandis que l'homme la caressait ; ses plaintes, la frénésie qui s'emparait de son corps, la sorte de faim qu'il exprimait, quand bien même je les savais jouées, me troublaient et m'emplissaient tout à la fois d'un profond malaise. J'aurais préféré qu'elle résistât, que l'homme la prît de force Bien sûr, il n'en était rien !

Mon amie Brigitte, qui se trouvait à mes côtés, serrait la main de son mari. Parfois, penchés l'un vers l'autre, complices, ils riaient. La fille était à présent nue sous une blouse blanche, elle passait entre les lits des soi-disant malades, repoussait le drap, se penchait...

Si j'avais envie de pleurer, ce n'était pas de dégoût, mais de honte. Moi, jamais je n'avais exprimé cette fièvre, gémi ainsi, embrassé de cette façon ; Matthieu l'avait-il regretté ? Je n'osais regarder de son côté, redoutant de lire sur son visage une excitation que j'avais été incapable de lui procurer.

Plus tard, à la maison, lorsqu'il m'avait prise dans le salon d'une façon différente, presque brutale, j'avais su que ce n'était pas à sa femme qu'il faisait l'amour, mais à la petite infirmière du film.

Je n'ai connu physiquement que deux hommes : Matthieu et, peu avant de le rencontrer, un ami d'enfance que, durant quelques semaines, j'avais cru aimer. Avec aucun je n'ai éprouvé ce bouleversement charnel dont on ne parlait pas lorsque j'étais jeune fille.

Durant quelques années, les caresses de mon mari m'ont procuré un très agréable plaisir. Comment le décrire ? Ce sont des ondes de chaleur qui montent, se répandent, vont et viennent ; c'est une promenade ardente et douce dont je voudrais qu'elle ne cesse jamais. Pour Matthieu, la promenade est brûlant voyage ; il prononce des mots d'étranger, mon marin devient corsaire, la tempête peu à peu l'emporte, il crie avant de se noyer.

Et me laisse sur la berge avec, parfois, à l'orée de mon ventre, comme un reste de faim. Cela passe !

« On m'aimera comme je suis, pas déguisée », avais-je lancé à Charlotte. Jamais je n'avais cherché à feindre ce que je n'éprouvais pas Je regardais partir sans moi cet homme que j'aimais, et, à défaut de pouvoir l'accompagner dans ce voyage-là, je le serrais contre moi au retour, lui offrais ma tendresse ; s'il était le corsaire, il me semblait être le port.

Puis, même ses caresses ne m'avaient plus procuré de plaisir.

— Parlez-en à votre mari, demandez-lui de se montrer plus attentif, plus patient peut-être, m'avait conseillé le médecin auquel, après bien des reculs, j'avais enfin osé dire que je n'éprouvais plus ni désir, ni plaisir.

Parler à Matthieu de sexualité, lui avouer que je ne ressentais plus rien dans ses bras ? Impossible ! En dix années de mariage, jamais nous n'avions abordé le sujet ; c'était un homme pudique. Une fois seulement, alors que nous discutions d'une héroïne de roman — grande amoureuse — dont je me sentais proche, il s'était étonné : « Toi qui n'es pas un volcan... »

J'avais ri, soulagée, en un sens, que les choses eussent été exprimées : soit, je n'étais pas un volcan ! Mais il savait bien que je n'avais pas besoin de cracher des flammes pour me sentir sienne. Et mon ardeur, je la mettais dans mon amour pour lui, pour mes enfants, mon métier, dans la curiosité que j'avais des autres : dans la vie.

Il est dix heures du soir, ce samedi d'octobre où nous avons accordé à Thibaut la main de notre fille. Devant moi achève de se dérouler sur le petit écran un film dont je n'ai rien vu, trop occupée à me remémorer cet autre film, sur les Champs-Elysées.

Je bois une gorgée de whisky, ma tête tourne. Où est Matthieu ? Où sont-ils ? En moi, ni colère, ni haine, un grand vide au fond duquel, à chaque fois que je me souviens, je tombe comme une pierre. Toute la haine, la colère dont j'étais capable, il me semble les avoir dépensées lors de la première infidélité de Matthieu peu après la naissance d'Olivier.

J'avais couru trouver mon père, je voulais quitter ce traître, ce salaud qui brisait le contrat, rentrer à la maison, tout de suite !

Mon père m'avait parlé de la faiblesse des hommes ; ma mère m'avait rappelé que les enfants sont plus forts lorsqu'ils grandissent entre leurs deux parents. « Il te reviendra... Ils reviennent toujours », m'avait-elle promis. Et durant presque vingt ans, j'avais fermé les yeux. Et Matthieu était toujours revenu, parfois avec un bouquet.

J'éteins le téléviseur, je m'interroge.

Si j'avais été « un volcan », si j'avais crié, griffé son dos comme l'infirmière, pris plaisir aux jeux de l'amour ? Si je l'avais plus volontiers caressé avec ma bouche, si je m'étais, sans réticence, ouverte à ses lèvres, m'aurait-il été plus fidèle ? Serait-il là ce soir ?

Si au moins j'avais fait semblant ?

Comme un coup sourd frappe dans ma poitrine, mon cœur bat plus vite. Je me lève. Cette hâte mêlée d'angoisse, ce cri que j'ai envie d'appeler « primal », le cri de l'enfant qui naît, je les reconnais

.. J'ai quinze ans et je suis à Guéthary. Le courant de la mer cherche à m'emporter. L'heure est-elle venue pour moi de mourir ? Tout mon être se révolte, se mobilise pour accomplir les gestes qu'il faut ; le courant se dissipe, je peux à nouveau nager. J'ai gagné.

... J'ai trente ans et j'habite Neuilly. Je suis mère de deux enfants, épouse d'un homme très occupé. Le cours de jours qui tous se ressemblent m'entraîne dans un flot grisâtre où parfois je me sens disparaître. Et un soir, cette même révolte en moi, ce même cri : vivre ! Il me faut trouver quelque chose qui soit à moi, qui soit *moi*. Malgré les grimaces de Matthieu qui aime avoir sa femme à la maison, je retourne sur les bancs de l'école, j'apprends, je bûche, je lutte, je réussis les examens. J'ai un métier qui me passionne ; il me semble que ma poitrine s'est élargie.

J'ai quarante-quatre ans et suis sur le point de perdre mon mari...

Je suis allée vider mon verre de whisky dans l'évier, j'ai allumé toutes les lumières du salon et me suis plantée devant la glace, non pas vaincue comme tout à l'heure, dans la salle de bains, mais droite, tête haute. Avais-je encore les moyens de remonter le courant ?

J'ai ouvert mon peignoir.

Ce corps, il l'avait trouvé beau, Matthieu, avant de l'ignorer. Il me l'avait dit, murmuré, et même crié, certaines nuits, en s'y enfonçant.

Et s'il le désirait à nouveau ?

J'ai passé la main sur la peau tendre que les enfants avaient peu abîmée. Il croyait le connaître par cœur, ce ventre ? Eh bien, il se trompait. Il était neuf, il était vierge, pour ne s'être jamais complètement donné ; il avait gardé intactes ses réserves de houle, de feu. C'était le corps de « la morte » de nos jeux avec Charlotte : « On ne bouge pas, on ne crie pas, quoi que l'autre vous fasse ; celle qui tient le plus longtemps a gagné. » J'avais tenu vingt-quatre ans...

Et si « la morte » se réveillait ?

« Tu joueras le jeu de la séduction comme tout le monde... »

Si j'essayais ?

Si la « pensionnaire » troquait le trousseau de coton contre la soie et le satin et, au lieu d'en sourire, se décidait à écouter les conseils donnés à longueur de revues par les « spécialistes » ? Si elle tendait des pièges, puisque les hommes aiment à s'y laisser prendre ? Si elle apprenait à se faire désirer et, le moment venu, osait les gestes, les plaintes, la frime ?

Un rire monte en moi. Ce n'est pas celui d'une femme ivre, mais d'une semi-noyée qui sent enfin se relâcher un peu le courant et, timidement, sans trop y croire, tente quelques gestes, essaie de contrôler plutôt que de se laisser entraîner. Grain de sable, goutte d'eau contre toute la mer.

Mais ce rire est aussi celui de la pêcheuse de crabe qui signifie à Marie-Line que, quelque comédie qu'elle joue, elle ne sera pas dupe et saura demeurer fidèle à elle-même.

J'ai quarante-quatre ans et mon mari en aime une autre. Je viens de décider de le reconquérir.

II

Je contrôle

Chapitre 9

A l'hôpital, en face de moi, madame Moréno, la mère de Tristan. Elle a une quarantaine d'années, un visage énergique. Ses yeux, ceux d'une femme qui dort peu, trahissent sa souffrance. Son mari, employé à la S.N.C.F., souffre d'un cancer de la gorge.

Je lui ai demandé de venir plus tôt afin que nous parlions de son petit garçon que j'ai pour un moment confié à Bernadette.

— Comment le trouvez-vous ? me demande-t-elle tout de suite d'un ton angoissé. A la maison, c'est toujours la grève. A l'école aussi, d'ailleurs. Et vous avez remarqué ? Il a encore perdu un kilo.

— Il est vrai qu'il n'est pas épais, dis-je en souriant. Mais il semble apprécier de plus en plus nos séances de jeu et je trouve qu'il s'exprime davantage.

Les mains de madame Moréno roulent et déroulent nerveusement les brides de son sac. Elle soupire :

— J'avais bien besoin de ça en plus : deux à obliger à manger ! Croyez-vous qu'il guérira ? demande-t-elle d'un ton suppliant.

— Je ne pense pas que Tristan soit malade, dis-je.

C'est juste un mauvais passage, les choses devraient s'arranger.

A nouveau, je lui souris. Presque toujours, les parents se sentent coupables du malaise dont souffre leur enfant ; ils ne cessent de s'interroger sur ce qu'ils ont pu faire de mal. Si leur attitude n'a pas été la bonne, ce n'est pas à nous de les accuser. Bien souvent, ils s'en doutent au fond d'eux-mêmes, mais il est important qu'ils le découvrent seuls.

— Parmi les jouets dont il dispose, Tristan semble s'intéresser plus particulièrement à un cheval, dis-je. Je me demandais s'il en avait... fréquenté un.

— Mais bien sûr ! s'exclame-t-elle, toute heureuse de m'aider. Un cheval... Il ne peut s'agir que du vieux Caprice. Il est mort.

— Il est mort ?

— L'été dernier, explique-t-elle. De sa belle mort, on peut le dire. Mon père vit à la campagne, en Normandie. Il a quelques animaux et un Deauvillais lui avait amené ce cheval, un ancien trotteur, pour qu'il le prenne en pension. Vous pensez, la pension... On a revu le propriétaire deux ou trois fois, puis terminé ! Mais les enfants avaient eu le temps de s'attacher à Caprice ; les filles le montaient, elles se voyaient déjà jockeys. Alors papa l'avait gardé, malgré la dépense.

— Sa mort a-t-elle beaucoup affecté Tristan ?

— Certainement moins que ses sœurs, répond madame Moréno avec conviction. Tout ce que faisait le petit, c'était de le bourrer de sucre en cachette. Mais pour le mettre dessus, même entre les jambes de son père, rien à faire ! C'était à chaque fois des cris, comme si on l'égorgeait.

— On ne se rend pas toujours compte à quel point

un cheval peut paraître haut à un enfant, dis-je. C'est pourquoi beaucoup d'entre eux ont peur de monter.

— Pas ses sœurs, en tout cas, elles adoraient ça. Elles en redemandaient ! Et ça tuait mon mari d'avoir un fils poule mouillée.

— Quel âge ont les sœurs de Tristan ?

— Onze et huit, répond-elle. Elles, ça va !

Nous parlons encore un moment : son mari est très éprouvé par le cancer, les rayons lui assèchent la gorge, il ne sent plus le goût des aliments, lui qui aimait tant manger. Il doit boire toute la journée et devient irritable.

Elle a les larmes aux yeux : « La vie n'est pas juste, madame. »

Non, la vie n'est pas juste !

Dès que j'ouvre la porte de la salle de jeu, Bernadette s'éclipse discrètement. Assis devant une petite table, Tristan dessine : un personnage à tête volumineuse, au corps inexistant, aux longues jambes, presque des échasses. Deux autres personnages, plus petits, l'entourent. Lorsque je prends place en face de lui, il fait mine de ne pas me voir ; il me rappelle ce chat qui, lorsque je rentrais de voyage, commençait par m'ignorer afin de me punir de l'avoir délaissé ; mais bien vite, n'y tenant plus, il sautait sur mes genoux pour me faire fête.

Je regarde cet enfant si petit, si désarmé ; je voudrais le prendre dans mes bras et lui dire que je m'intéresse à son sort. J'aimerais le bercer, lui communiquer ma chaleur. Mais n'ajouterais-je pas un nouveau problème affectif à celui qui l'habite ? Tout à l'heure, Tristan me quittera pour retrouver une vie difficile, un père malade et peut-être hostile, une mère épuisée. Mes caresses l'affaibliraient. Il doit apprendre à se défendre seul et je ne peux que lui faire confiance pour en être capable un jour.

A larges coups de crayon rouge, il détruit à présent ses personnages, appuyant parfois si fort que le papier se froisse.

— Je parlais avec ta maman, dis-je.

Il garde le silence quelques minutes ; la feuille s'emplit de rouge.

— Mon papa aussi va à l'hôpital, m'annonce-t-il soudain sans lever les yeux. Lui, c'est les mardis et les vendredis.

Il a parlé avec effort. C'est la première fois qu'il évoque son père et je ne dois pas montrer que j'y accorde de l'importance ; il risquerait de se refermer.

— Ainsi, ton papa va à l'hôpital comme toi ? dis-je d'une voix détachée.

Il roule en boule la feuille de papier et la jette au loin, puis il glisse de son siège et va s'asseoir près de la caisse à jouets. Il en sort des petites voitures qu'il aligne les unes derrière les autres avec le plus grand soin.

— Moi, je viens le mercredi parce que c'est congé. Mon papa, c'est les mardis et les vendredis, répète-t-il. Et maman ne l'accompagne pas. Il va tout seul, dans un hôpital au diable vert...

— Toi, tu as congé le mercredi, dis-je. Comme tous les enfants qui vont à l'école. Mais ton papa ne va pas à l'école, aussi peut-il se rendre à l'hôpital d'autres jours, et, comme il est adulte, ta maman n'a pas besoin de l'y accompagner, c'est cela ?

— C'est cela, dit-il. Et moi je vais à l'hôpital pour jouer. Lui, c'est pour sa gorge, et c'est au diable vert.

Je rectifie :

— Au diable Vauvert. Cela signifie « très loin », un

hôpital qui se trouve très loin de l'endroit où l'on habite.

— Au diable vert, répète-t-il avec une sorte de détresse, en insistant sur le mot « diable ». Même que c'est parce qu'il a trop crié.

Pour prononcer ces derniers mots, Tristan a pris une voix de basse, très grave, cherchant probablement à imiter celle de son père. Durant le temps qui nous reste, il se taira ; évoquer son père a certainement été pour lui un gros effort qu'il n'aurait pu soutenir plus longtemps.

Mais en jouant, en formant des trains avec ses voitures, il continuera, sans s'en douter, à parler de ce père employé à la S.N.C.F. Et, poussant ces trains trop brutalement, dissociant les wagons, les couchant sur le flanc, il exprimera à sa façon que la vie déraille parfois et que l'on ne peut plus avancer.

Le regardant chercher sa vérité, rencontrant parfois son regard, espérant un sourire, je ne cesserai d'entendre les mots de sa mère, parlant de sa réticence à monter Caprice : « Ça tuait mon mari d'avoir un fils poule mouillée. »

Et si là se trouvait la clé ?

Chapitre 10

« Coiffeur-visagiste », stipulait l'annonce dans le magazine. C'était un salon en vogue, aux murs gris perle, aux glaces dorées, empli d'une musique douce qui vous laissait imaginer que d'un instant à l'autre, toutes ceintures attachées, aurait lieu le décollage.

Une jeune et jolie Japonaise s'est emparée de mon imperméable et m'a aidée à revêtir une blouse de la couleur des murs.

— Qui s'occupe de vous ?

— Je ne sais pas, ai-je avoué.

Ce matin, au téléphone, on m'avait répondu que l'on me donnerait celui ou celle qui serait libre à l'heure où je viendrais.

— Vous avez Alain, m'a-t-on annoncé à la réception.

Allant prendre place au bac pour le shampooing, il m'a semblé être la seule à porter un pantalon et des talons plats ; ne me suivait-on pas des yeux avec condescendance ?

Alain ne devait pas être beaucoup plus âgé que mon fils ; il avait de longs cheveux blonds et le regard un peu las de l'artiste auquel on propose un matériau de second choix.

— Comment vous coiffe-t-on ?

— Justement, je voudrais changer et j'ai besoin de vos conseils, ai-je répondu.

Il a reculé d'un pas et examiné mon visage : « L'ovale est bon, mais le front un peu large, il va falloir le garnir. » Du bout de sa main, il a passé un peigne dans mes cheveux : « Et tout cela est bien terne, bien plat ! Aujourd'hui, nous couperons ; la prochaine fois, il faudra songer à une couleur et à une permanente. »

Le verdict était sévère. Devant mon air piteux, il a eu un gentil sourire : « Vous verrez, nous allons faire de vous une nouvelle femme ! »

Les ciseaux couraient, des copeaux châtain tombaient sur le sol ; il en tombait trop, que dirait Matthieu ? Depuis notre mariage, je n'avais pratiquement pas changé de coiffure : cheveux mi-longs, retenus par des peignes sur le côté, liés par un ruban lorsque nous sortions. La plupart du temps, je me coiffais moi-même. Il s'étonnerait : « Tiens, tu t'es coupé les cheveux ? En quel honneur ? »

« En l'honneur de toi... » A défaut de pouvoir le lui répondre, je dirais : « J'avais envie de changer de tête. » Ce qui, en somme, depuis un certain coup de téléphone, était la vérité.

Je n'avais pas cru Alain lorsqu'il avait prétendu faire de moi une « nouvelle femme », j'aurais dû ! Le cou dégagé, le visage mieux encadré, quelques mèches folles sur le front, celle que je voyais dans la glace n'était plus la même : elle paraissait plus jeune, je l'ai trouvée plus jolie.

Mon Figaro considérait son œuvre avec satisfaction.

— Et ce n'est qu'un début ! m'a-t-il promis. Vous verrez avec la couleur et la permanente. Si vous le désirez, l'esthéticienne pourra aussi faire des essais de maquillage.

— Pas tout à la fois, me suis-je défendue en riant. Je finirais par ne plus me reconnaître.

— C'est dur de se lancer, a-t-il acquiescé, mais après, on ne s'imagine plus autrement. J'ai une cliente qui ne se maquillait jamais ; maintenant, elle dit que tant qu'elle ne s'est pas fait les yeux, elle se sent nue.

Je marchais dans l'avenue, plus légère, cherchant mon reflet dans les vitrines des magasins. Des ouvriers se sont retournés et l'un d'eux m'a sifflée ; depuis combien de temps cela ne m'était-il pas arrivé ?

C'est cette petite musique du désir, si détestée par les féministes, qui m'a donné la force d'accomplir la seconde partie du programme.

Satin, soie et dentelles.

Dans le grand magasin, j'ai choisi un minuscule slip, un soutien-gorge arachnéen, une courte chemisette de nuit. Pendant que j'y étais, j'ai pris aussi un porte-jarretelles et des bas.

Ce n'était pas moi qui faisais ces achats, mais une autre qui se donnait la comédie et tenait, sans plus y croire, une promesse faite un soir de désespoir où elle avait bu un whisky de trop. Me voyant dans cette lingerie, au mieux Matthieu éclaterait de rire : « Qu'est-ce qui te prend, c'est carnaval ? » Au pire, il devinerait mes intentions.

Pour faire bonne mesure, je suis descendue au rayon alimentation et, la conscience soulagée, j'ai rajouté sur mes soyeuses folies un demi-potiron.

Mon mari est très facile à nourrir ! Il ne rentre jamais déjeuner et, le soir, hiver comme été, il se contente d'une soupe, d'une salade, de fromage et de fruits; parfois d'un entremets. Du classique poireaux-pommes de terre à la crème Dubarry, du Soubise au Condé fait de haricots blancs, je connais tous les potages. Avec mon potiron, j'offrirai à Matthieu pour dîner une « crème d'or », l'un de ses préférés; agrémenté, bien sûr, des obligatoires croutons frits de l'enfance.

L'enfance...

En rentrant à la maison, je suis allée m'asseoir dans le bureau de mon mari. Je n'avais pas l'intention d'ouvrir ses tiroirs — cela, c'était terminé, je me l'étais promis ! Et ce n'était pas « elle » qui m'intéressait, mais celui qui, de la chambre de son fils, avait refait sa turne d'étudiant, qui y avait rapatrié tous ses objets de jeune homme, de la crosse de hockey à la collection de timbres, en passant par les carnets scolaires. Un peu comme si, moi, j'avais conservé mes poupées et mes dînettes. Afin de me prouver quoi ?

On cesse trop vite de s'interroger sur l'être avec qui l'on vit, imaginant à tort bien le connaître. Ce « reliquaire » signifiait-il que Matthieu avait encore besoin d'être encouragé, applaudi, récompensé, et que, cela non plus, je ne l'avais pas assez fait ?

« Les hommes restent toute leur vie des petits garçons qui ont besoin d'être admirés », avait remarqué Bernadette.

J'ignore l'art de flatter. Lorsque je manifestais mon amour à Matthieu, il me semblait tout exprimer : sans estime, l'amour est-il encore là ? Mais *elle ?* Sans doute lui répétait-elle qu'il était fort, beau et intelligent. Le félicitait-elle de sa jeunesse à un âge où vieillir angoisse ?

J'ai refermé la porte du bureau comme sur un

malentendu. Devrais-je ajouter les compliments aux dessous vaporeux ? Ce qui me faisait le plus peur, c'était moins la perspective de jouer cette comédie que l'idée que Matthieu pût en être dupe.

Il ne me restait plus qu'à accomplir la troisième partie du programme.

Elle travaillait comme styliste dans une célèbre maison de couture italienne ; en juillet, elle nous en avait souvent parlé, toute fière de passer sa vie entre Rome et Paris.

J'ai appelé cette maison et expliqué que j'arrivais d'Italie et avais un paquet à déposer chez mademoiselle Ereira. Je ne voulais pas la déranger ; pouvait-on me donner son adresse personnelle ?

Il y avait une chance sur deux pour qu'on me la refuse ; sans doute ai-je été convaincante, l'employée m'a même proposé le numéro de téléphone.

La belle jeune femme blonde qui repoussait si joliment ses cheveux lorsque le vent les lui rabattait dans les yeux habitait une petite rue donnant sur les Champs-Elysées. Je n'avais pas l'intention de m'y rendre, encore moins de lui téléphoner ; il me fallait simplement savoir où Matthieu la retrouvait, ne pas lutter dans une complète obscurité. Mon métier m'a appris que l'on exagère toujours ce que l'on imagine : dans l'espoir comme dans la crainte.

J'ai appris l'adresse par cœur. Je pouvais à présent préparer ma crème d'or.

Huit heures viennent de sonner à la pendule. Une femme en jupe et corsage, sous lequel on devine le soutien-gorge en dentelle, fait semblant de lire au salon. Elle n'a pas mis le slip échancré ni le porte-jarretelles, ce serait prématuré. Elle les a cachés au fond d'un tiroir. Lorsqu'elle remue la tête, elle est toute surprise de ne plus sentir la caresse de ses cheveux dans son cou.

Cette femme attend, le cœur battant, que la porte s'ouvre sur son compagnon de vingt-cinq années, sur l'étranger. Elle se sent en visite chez elle, elle a résisté à l'envie de se servir un porto.

Il est presque huit heures trente. Plus le temps passe, plus fond ma belle assurance. Matthieu me regardera et comprendra tout de suite mon plan. Pendant que j'y étais, j'aurais dû ajouter des fleurs, des bougies, une musique d'ambiance. Et pourquoi, après la soupe au potiron, n'envisagerais-je pas un strip-tease savant comme le font, paraît-il, nos sœurs américaines pour garder leurs maris ?

Une voiture s'arrête dans la rue et soudain c'est la panique. Je cours dans la salle de bains, enlève ma jupe, mon collant, mes talons, mon maquillage. Pour les cheveux, il n'y a pas grand-chose à faire : chasser les mèches qui garnissent mon trop large front, tirer le reste en arrière... Pantalon, souliers plats, vite, me revoilà !

L'ascenseur monte, je cours au canapé, reprend mon livre, l'ouvre au hasard. Il dira : « Tiens, tu t'es coupé les cheveux ? » Je répondrai : « J'avais envie de changer de tête. » Ah, j'aurais dû le boire, ce porto...

La clé tourne dans la serrure.

Chapitre 11

Vingt-trois années, j'avais vécu avec cet homme assis en face de moi. J'avais vu ses cheveux grisonner et se clairsemer. Là, autour des yeux, ici, au coin des lèvres, la peau s'était relâchée et le ventre, dont il se plaisait à me faire sentir les muscles, s'était arrondi. Que m'importait ? Il restait à mes yeux le grand échalas, lisse et dégingandé, qui m'avait demandé un jour sur une plage : « Est-ce qu'on peut vous aider ? » Et ne m'avait plus quittée.

Nous avions pris ensemble des milliers de repas, à cette table ou à d'autres, simples ou raffinés, en famille ou avec des amis, et parfois, rien que pour nous, j'allumais deux bougies. Partager le pain était un moment de détente, l'occasion de parler de choses importantes comme de ces riens qui font la trame de la vie. Il m'était arrivé de tendre la main par-dessus la nappe pour m'emparer de la sienne ; parfois il se penchait pour caresser ma joue et j'étais Line, Linette, Linotte.

Ce soir, dans la cuisine, c'est un étranger qui est assis en face de moi. J'aurais pu la garder, cette jupe, les mettre, ces dentelles, il n'aurait rien remarqué, pas plus qu'il n'a remarqué ma coiffure.

J'ai fait un rêve : celui que je pourrais reconquérir mon mari. C'est impossible, il est trop loin. Il ne me voit même plus.

Je prends les assiettes à soupe et vais les poser dans l'évier. Nous n'en sommes qu'au début du repas et j'ai déjà épuisé tous les sujets de conversation, en évitant de parler à Matthieu de son père pour ne pas l'obliger à mentir. Son travail, l'Auberge, le mariage de Laure... A bout de munitions, j'ai même, à ma honte, utilisé Tristan et parlé de la difficulté de communiquer, moi qui volontairement retiens ce qu'il faudrait crier. Le silence, autrefois signe de confiance, est sur nous comme un ciel d'orage.

Il mélange la salade à laquelle j'ai ajouté des noix et quelques crevettes. Si j'étais la sœur de cet homme, une amie, ou même simplement une collègue, il me dirait que ce repas lui plaît, nous parlerions du temps, de la saison, de nos projets. S'il n'était pas Matthieu, peut-être poserais-je ma tête sur son épaule et lui dirais-je que je n'en peux plus. Mais parce que nous sommes époux, que le lien est en train de se rompre, que chacun feint de l'ignorer, les mots les plus simples sonnent faux, les gestes, les sourires sont gangrenés. Je me suis fourvoyée en voulant l'empêcher de parler. Le poison des mots retenus envahit tout. Mieux vaudrait une souffrance nette, pouvoir pleurer, hurler la vérité.

Et je vais la dire.

Je vais aller chercher le plateau de fromages pour me donner quelques secondes de réflexion. Je reviendrai vers la table, y poserai le plateau, je resterai debout — ce sera moins difficile — et je dirai : « Matthieu, j'ai tout compris, je sais tout, va-t-en, vas-y ».

Je me lève et marche vers le buffet. Mes doigts

tremblent comme je soulève la cloche transparente pour ajouter sur le plateau le couteau et le beurre. Et Laure ? Pour elle, pas de problème ! Sa force a toujours été de manquer d'imagination : elle va son chemin sans regarder autour et, aujourd'hui, toute à son bonheur, elle est franchement aveugle. Nous ferons semblant jusqu'au mariage. Et Olivier ?

— Mais qu'est-ce que tu fabriques ? demande Matthieu. Tu ne prends pas de salade ?

— Je viens.

Je retourne vers la table et y pose le plateau.

— Matthieu...

A cet instant, le téléphone sonne. Matthieu demande : « Tu y vas ? » Et j'y vais.

C'est Bertrande, la fille aînée de Joyeuse. Depuis son divorce, elle est dépressive et m'appelle parfois pour que je lui remonte le moral. Parce que je m'occupe d'enfants en difficulté, elle pense que je peux la comprendre. Un psychiatre la suit.

« Tout est effort, se plaint-elle. C'est comme si j'étais au pied d'une montagne, les autres montent, certains ont atteint le sommet, moi je sais que je n'y arriverai jamais. C'est descendre dont j'ai envie. »

Les battements de mon cœur s'apaisent. Si Bertrande n'avait pas appelé, tout serait déjà dit. Mais elle a appelé et l'orage s'éloigne sans avoir éclaté ; il n'y a plus ce roulement de tonnerre dans ma poitrine et dans ma tête, j'ai cessé de transpirer, le paysage retrouve ses couleurs habituelles. Tant pis ? Tant mieux ?

Par les portes ouvertes, je peux voir Matthieu déguster son fromage. Est-il possible qu'il n'ait rien senti ? Il lève son verre de vin, en regarde la teinte. Il n'aurait pas fait ce geste si j'avais été assise en face de lui. Sans moi, il se détend.

« Tu es en de bonnes mains, dis-je à Bertrande. Tu verras, bientôt ça ira mieux ; c'est juste une question de patience. »

Je promets de la rappeler demain et je raccroche.

— C'était qui ? demande Matthieu.

Il a terminé son fromage et pèle une poire.

— Bertrande ; elle ne va pas fort, la pauvre.

Après la poire, il prendra un café, moi une infusion. Vais-je me rasseoir en face de lui ? Reprendre le collier de torture ? Sentirai-je à nouveau monter l'orage ?

— Est-ce que cela t'ennuierait si je faisais un saut chez elle ?

Il relève la tête, étonné :

— Maintenant ?

— C'est maintenant que Bertrande a besoin de moi ; les soirées sont les plus dures.

— Mais tu as à peine dîné.

— Je n'ai pas très faim, je mangerai un fruit en chemin.

— Comme tu veux.

Je prends une pomme et vais dans ma chambre. Vite, ma gabardine, mes clés. Vite, quitter cette maison avant d'avoir parlé, ne pas agir sur un coup de souffrance. Encore un ou deux sourires et je pourrai respirer, pleurer, crier si je veux.

Matthieu est dans l'entrée.

— Tu prends la voiture ?

— Certainement pas ! J'aurais trop de mal à la garer ; je trouverai bien un taxi.

— Veux-tu que j'en appelle un ?

— C'est inutile. Il y en a toujours à la station.

Il me suit jusqu'à la porte.

Nous étions fiancés et avions de la peine à nous

quitter. Il me disait : « Quand tu seras avec les autres, sache que je pense à toi et que je t'aime ».

Tous les amants se donnent ces rendez-vous secrets et c'est comme voler, planer au-dessus de la pierre des villes, des océans, des frontières. Ma poitrine se gonflait à éclater d'un bonheur aiguisé par la conscience que tôt ou tard, ces ailes-là se brisent.

J'appelle l'ascenseur. Matthieu me suit sur le palier. Il a sa serviette à la main et, sur le visage, une expression de petit garçon désorienté. Il ne comprend pas bien ce qui se passe ; jamais encore je ne suis ainsi sortie sans lui à neuf heures du soir, quittant la table en plein dîner. Il semble hésiter à parler. Une bouffée de tendresse me traverse : resterai-je s'il me le demande ?

L'ascenseur est là.

— Ma dernière nuit a été plutôt courte, dit-il enfin. Si cela ne t'ennuie pas, je dormirai dans le bureau. Ne fais pas trop de bruit en rentrant.

Chapitre 12

Mais d'où venaient-ils... tous ces gens, ces couples, ces jeunes, ces étrangers, moutonnant sur les trottoirs en une foule joyeuse, bruyante, ininterrompue, emplissant les cafés, les voitures ; et cela à l'heure du repas, de la « télé », des rideaux clos ? Chaque soir, à mon insu, le cœur de Paris continuait à battre ici d'un sang neuf, plus lourd, plus fou, celui de la nuit. Et il avait fallu que je sois chassée de la maison pour le redécouvrir.

Avec ma solitude.

— Je peux vous laisser sur la place ? a demandé le chauffeur de taxi. J'ai fini ma journée, je file vers La Chapelle.

— Ça ira très bien, merci.

Il m'a souhaité une bonne soirée et a tourné le dos aux Champs-Elysées. Je suis restée un moment indécise, maillon détaché de la chaîne, lampion éteint au carrefour de toutes les tempêtes : Iéna, Wagram, Friedland... Sous ma gabardine, je portais ma tenue de défaite : le corsage avec lequel j'avais stupidement espéré séduire mon mari. J'étais gelée. J'avais deux heures à tuer. A tuer... Je me suis engouffrée dans la première salle de cinéma.

— Madame, est-ce qu'on peut vous aider ?

Penchée vers moi, une jeune fille à lunettes tentait de distinguer mon visage dans l'obscurité ; les sanglots que je contenais mal devaient lui laisser croire que j'étais en proie à un malaise. Je l'ai rassurée : « Ça va, merci. » Dès que les noms du générique sont apparus sur l'écran, je me suis sauvée.

Où aller ? Une heure à peine était passée, le vent soufflait plus fort : un vent de neige. « Salaud », ai-je murmuré. Je détestais cet homme qui m'obligeait à fuir ma propre maison. J'ai entendu sa voix : « Je dormirai dans le bureau. » L'évidence m'a saisie : libéré de moi, Matthieu avait décidé de *la* rejoindre. Comment ne l'avais-je pas compris tout de suite ?

La rue où elle habitait était tout près de l'avenue. Le rouge vif de Gélinotte tranchait sur la couleur terne des autres véhicules ; alors que mon mari prenait toujours soin d'éviter les contraventions, il s'était garé sur le trottoir, en bas de son immeuble.

C'était un immeuble moderne dont chaque appartement possédait son balcon. J'ai levé les yeux : dans lequel étaient-ils en train de s'aimer ? Celui du haut, à la haie d'arbustes ? Ou cet autre, dont la baie était éclairée ? A moins que ce ne fût celui-ci, aux stores baissés. N'importe... Je pouvais à présent rentrer chez moi et crier la vérité aussi fort que je le voudrais : nul ne m'entendrait.

Je reprenais le chemin des Champs-Elysées, lorsqu'une voix m'a arrêtée.

— Mais c'est bien Marie ! Marie en balade de nuit sur mon territoire...

Un bras a entouré ma taille, deux lèvres se sont posées sur mes joues. Henri, Henri Desforges, l'un de nos meilleurs amis, témoin à notre mariage, parrain de Laure.

— Avec ta nouvelle coiffure, j'ai failli ne pas te reconnaître...

J'ai bredouillé :

— Je sors de chez une amie, je cherchais un taxi.

— A cette heure-ci, tu n'as aucune chance d'en trouver, a-t-il répondu. On passe chez moi prendre les clés de ma voiture — cela me fait penser que j'ai quelqu'un à te présenter —, puis, je te raccompagne. Inutile de refuser, tu n'as pas le choix.

Cette chaleur dans sa voix, cette amicale autorité, c'était le pire qui pouvait m'arriver : une grande bourrasque a déferlé dans ma poitrine, ma gorge s'est plombée, même un « merci » ne passait plus; alors Henri s'est emparé de mon bras et il m'a entraînée.

Il habitait près du Rond-Point des Champs-Elysées. Expert en œuvres d'art, il avait toujours chez lui quelque nouveauté à nous faire admirer. Il assurait que chaque objet, meuble ou tableau ancien racontait par sa beauté une histoire sur la vérité profonde de l'homme, et que les musées ne devraient exister qu'à titre d'organismes de prêt. On mettrait les œuvres en dépôt chez les gens et on établirait un roulement afin que chacun puisse, tour à tour, écouter cette histoire pour un prix de location modique.

Un peu dans le même esprit, Henri, célibataire, était grand amateur de femmes et il ne les gardait jamais longtemps. C'était, entre Matthieu et lui, un constant sujet de plaisanterie.

L'appartement était plein de lumière; ne m'avait-il pas dit qu'il allait me présenter quelqu'un ? J'avais pensé à une femme : je ne m'étais pas trompée.

Elle se trouvait dans sa chambre.

— La *Femme au miroir*, a-t-il dit en désignant un tableau au mur.

Assise dans la verdure, au premier plan, sur une petite hauteur, elle nous tournait le dos. On ne voyait pas son visage, seulement une masse de cheveux châtain. Devant nous — car on avait l'impression de le regarder par ses yeux à elle — s'étendait un paysage étrange, à la fois calme et tourmenté, d'eau limpide, de brumes, de frênes aériens, d'obscures frondaisons.

— Et le miroir ? ai-je demandé.

Henri attendait ma question ; il a eu un sourire heureux.

— Le miroir, c'est le paysage ! Regarde-le bien ; c'est par lui que tu découvriras les traits de cette femme, la couleur de son teint et surtout le reflet de son âme. Vois la limpidité de ce fleuve qui, plus loin, se perd dans la brume, et cet éclair de lumière ici, comme une joie soudaine, et là, ce douloureux enchevêtrement... Ah, j'aurais voulu être peintre pour avoir cette idée : montrer, par les couleurs d'un paysage, les couleurs secrètes d'une pensée.

— Et comment est-elle, cette pensée ?

— Une eau troublée... Mais vois ici...

Il a tendu le doigt vers une partie éclairée du tableau :

— Le vent souffle dans le bon sens, le ciel va se dégager.

Nous sommes passés au salon. Je ne pouvais m'empêcher de trembler.

— Veux-tu boire quelque chose, Marie ?

J'ai dit « oui » et il m'a aidée à retirer ma gabardine.

— Mais tu n'as rien sur toi ! s'est-il exclamé. Sais-tu en quelle saison nous sommes ?

Nous étions six mois avant le printemps, six mois avant le mariage de Laure, pas un instant je ne l'oubliais !

— Attends-moi, je reviens.

Il est revenu avec un épais cardigan qu'il m'a aidée à enfiler. Il m'arrivait presque aux genoux. Il en a attaché lui-même les boutons : c'était bon de n'être plus qu'une enfant obéissante.

— Maintenant, tu vas te poser. Le temps que je mijote ma potion magique. Pour patienter, l'ami Malher, ça te va ?

Cela m'allait : mieux que tout autre, Malher sait exprimer la fête et son envers, passer de l'allégresse à la nostalgie, de la joie à la détresse.

Au fond d'un fauteuil, les yeux clos, je laissais la musique m'envahir et il me semblait revenir à moi, saisir à nouveau quelques-uns des fils de ma vie. Qui était cette folle qui, il y a un instant, sanglotait au cinéma avant d'aller se planter au pied de l'immeuble où habitait sa rivale ? Je ne voulais pas que ce fût moi. Ce ne serait plus jamais moi !

Je me suis tournée vers la cuisine où s'affairait Henri. C'était un ami d'adolescence de Matthieu, ils avaient le même âge, la cinquantaine, et, depuis notre mariage, nous nous voyions très régulièrement. Nous avions même passé des vacances ensemble. Pourtant, c'était la première fois que je me trouvais seule avec lui, et cela me faisait une curieuse impression, un peu comme de tricher.

« Regarde, le vent souffle dans le bon sens, le ciel va se dégager... » J'ai compris qu'il savait : il déjeunait souvent avec Matthieu. Il n'avait pas prononcé son nom ce soir.

— Voici, madame. Prenez garde à ne pas vous brûler.

Il a tiré une table à côté de mon fauteuil et y a posé deux hauts gobelets d'étain dont s'échappait une odorante fumée. Puis il s'est assis à mes pieds, sur un coussin.

— Laure m'a appelée hier pour m'annoncer la grande nouvelle, a-t-il dit. Alors ça y est, elle se lance ?

— Elle a enfin compris qu'elle n'avait pas sa chance avec toi !

— Le père, le parrain... n'est-ce pas le circuit sentimental classique d'une jeune fille comme il faut ?

— Elle t'a présenté Thibaut ?

— Nous avons dîné ensemble, m'a-t-il appris. Il me plaît beaucoup. Sa fantaisie fera le plus grand bien à ma filleule.

— Elle l'appelle son « poète »...

— L'ami Queneau affirmait que mathématiques et poésie font bon ménage.

Il appelait « amis » tous les créateurs qu'il aimait, et il avait raison ; ils lui auraient retourné le compliment. J'ai bu quelques gorgées de sa blanche potion : elle fleurait le rhum, la voie lactée. Il me regardait en souriant ; sous ses cheveux gris, son visage avait gardé toute sa jeunesse. Il était beau.

Matthieu m'avait raconté qu'autrefois, il en était jaloux, car Henri réussissait tout sans effort. Des deux amis, j'avais épousé le tâcheron ; c'était aussi pour cela que je l'avais aimé : sa ténacité.

Henri, lui, m'aurait ordonné de laisser le tourteau sous son rocher.

— Je me suis souvent demandé comment vous vous étiez liés, Matthieu et toi. Vous êtes si différents !

— Peut-être Matthieu avait-il besoin de mon grain de folie, et moi de son... pied marin ?

Il m'a interrogée sur mon travail. Henri avait été l'un de ceux qui m'avaient le plus vivement encouragée à reprendre mes études. Je le sentais attentif, concerné, et alors que d'ordinaire je suis plutôt celle qui écoute, je n'aurais cessé de parler. Je lui ai raconté Tristan, son père, Caprice, la difficulté d'exister, d'être soi, de conserver sa dignité. Tout en parlant, je comprenais combien cet enfant avait, sans le vouloir, pris d'importance dans ma vie, sans doute parce qu'il y était entré à un moment critique. Il était ce petit arbre que l'on fixe du bateau par gros temps, qui apparaît et disparaît selon les humeurs de la mer, petit arbre fragile et fort qui parle de terre ferme...

— La confiance..., ai-je dit. Voilà le mot clé. Tristan doit sentir que je lui fais confiance pour trouver son chemin.

Lorsque j'ai avoué à Henri le désir très violent qui me venait parfois de le prendre dans mes bras pour le protéger — l'inverse de ce qu'il fallait faire, puisque Tristan devait apprendre à devenir indépendant, à assurer sa propre protection —, il s'est mis à rire.

— J'ai donc bien fait, tout à l'heure, de résister à l'envie de prendre dans mes bras une jeune femme tremblant de froid.

Et, très vite, il a ajouté, comme pour me dispenser de répondre :

— En ce qui concerne Tristan, le jour où tu voudras que j'aille casser la figure à son salaud de père, préviens-moi.

Et cela nous a fait du bien de rire ensemble de choses si graves.

Il était plus de minuit lorsque je me suis décidée à me lever ; j'espérais secrètement que Matthieu était rentré et s'inquiétait.

— Garde mon chandail, a ordonné Henri. Je te « fais confiance » pour me le rapporter un de ces jours.

Oui, il savait et me tendait la main.

En passant dans l'entrée, j'ai remarqué un étonnant bouquet fait de glaïeuls jaunes, de lys et d'une fleur haute et légère, toute en grappes claires, qui paraissait sauvage.

— On l'appelle le *compagnon rose*, m'a-t-il appris. Il fleurit en hiver sur le chemin des écoliers ; la moindre radoucie lui est bonne. Cela me plaît de le mêler à ses frères et sœurs de luxe.

Fleurs de luxe, fleurs sauvages, ce bouquet n'était-il pas un peu le miroir d'Henri ? J'y ai plongé mon visage ; il m'a semblé m'y rafraîchir l'âme.

— Tes compagnons roses, je ne les oublierai pas de sitôt, ai-je dit.

C'était ma façon de le remercier pour m'avoir fait comprendre, sans gestes ni mots inutiles, qu'il savait et se tenait à mes côtés.

Il était plus d'une heure lorsqu'il a arrêté sa voiture dans notre rue. Gélinotte était de retour et il y avait de la lumière dans le bureau de Matthieu. Traversant le jardinet pour me raccompagner jusqu'à la porte, d'un geste léger, il a passé sa main sur mes boucles.

— C'est tout neuf ?

— C'est d'aujourd'hui. Et tu ne m'as même pas dit ce que tu en pensais.

— Cela te va à ravir. Tu fais à la fois plus jeune et plus femme. Mais j'aimais bien tes baguettes de tambour ! Les peignes, les barrettes, les élastiques et les rubans, pour moi, c'était Marie.

Je lui ai souri :

— Marie... Seuls Charlotte et toi m'appelez ainsi. Et Charlotte, c'est pour y ajouter des vacheries : « Marie-Fêlée... Marie-tête-de-pioche », pour ne citer que le plus gracieux... Matthieu, lui, ne m'a jamais appelée que Line, les autres Marie-Line...

— Et si justement je n'avais pas envie d'être « les autres » ? a répondu Henri. J'ai toujours eu de la sympathie pour les exceptions : les genoux et les hiboux, les bals et les carnavals... Et les « Marie-tout-court » !

Nous étions arrivés. Je craignais que, là-haut, la fenêtre du bureau ne s'ouvre.

— J'ai quelque chose à te demander, ai-je dit à voix basse car la nuit, de chez nous, on entend tous les bruits. Peux-tu ne pas parler à Matthieu de notre rencontre ?

— Crois-tu que je l'aurais fait ? a-t-il répondu d'un faux air offensé. Et les jardins secrets, alors ? En échange, je vous demanderai moi aussi une faveur, madame : la prochaine fois que vous vous promènerez du côté des Champs-Elysées, couvrez-vous mieux et faites-moi signe.

Je n'ai pas pris l'ascenseur, j'ai gravi lentement les trois étages, tenant encore un moment dans la mienne la main de mon « compagnon rose ». Lorsque je suis entrée dans l'appartement, Matthieu avait éteint.

Ainsi qu'il me l'avait demandé, je me suis appliquée à ne pas faire de bruit.

Chapitre 13

Quatre femmes à bord d'une « familiale » : deux veuves, une fiancée, l'autre qui trop ne sait... Cela sonne comme une comptine ! Quatre femmes en route pour « Montplaisir » ; sans oublier Sapristi, réparti sur les escarpins des anges, de crainte qu'ils ne s'envolent sans lui.

— Enfin, tu t'es décidée à couper tes cheveux ! a remarqué Laure lorsque je suis passée chercher toute la troupe à l'Auberge.

— Ton mari ne vient pas ? s'est étonné Joyeuse.

— Il avait du travail en retard.

Aucun commentaire des sœurs, mais un échange de regards, et, sur mes joues, quatre baisers encore plus nourrissants que de coutume.

— Est-il bien certain que cet homme est mon père ? a fulminé Laure. Parfois, on se le demande...

C'est moi qui ai suggéré à Matthieu de ne pas nous accompagner chez les Marcey ; nous parlerions essentiellement « mariage ». Il s'est laissé convaincre sans difficulté. Depuis ce que j'appelle en moi le « dîner-catastrophe », je préfère souffrir en l'imaginant avec *elle* plutôt que de risquer d'exploser en le sentant étranger à mes côtés.

— Puisque c'est ainsi, que le ciel nous soit favorable et qu'il noie Paris ! a souhaité Laure avant d'embarquer.

Au départ de Versailles, ce ciel était gris ; il est à présent d'un bleu triomphant : « Le bleu des prières exaucées », remarque finement Joyeuse. Saumur n'est plus très loin. La Loire traverse le paysage comme un sourire, enlaçant dans une nonchalante caresse les arbres légers qui, par endroits, la peuplent.

— Maman, tu me laisses le volant ?

J'arrête la voiture sur le bas-côté pour changer de place avec Laure et j'en profite pour sortir Sapristi. Là-bas, un petit bois ; je voudrais y courir, m'y enfoncer, aller aux champignons comme on va à l'enfance, à sa vérité.

Laure me regarde revenir avec un sourire.

— Le nouveau chandail, c'est pour aller avec les bouclettes neuves ?

— Une amie me l'a prêté l'autre soir.

— Ce ne serait pas plutôt « un » ami ? plaisante-t-elle. J'aurais parié pour un chandail d'homme.

— Et tu aurais gagné ! C'est celui de son mari.

Je reprends place dans la voiture. Comme on apprend vite à mentir ! Mais je connais ma fille : si je lui avais dit que ce cardigan appartenait à son parrain, j'aurais eu droit au chapelet des « où, quand, comment, pourquoi ? » Depuis lundi, je l'ai porté presque chaque jour : sa chaleur est celle de l'amitié.

— Maintenant, on ferme les yeux et on ne les rouvre qu'au commandement, ordonne la conductrice.

Au commandement, « Montplaisir » se dresse devant nous, au bout d'une allée creusée entre les vignes. C'est un petit château aux formes harmonieuses, construit en tuffeau, la pierre blanche d'ici. Au bras de Thibaut, en bottes et jupe-culotte de gros velours, Ghislaine vient nous accueillir dans la cour. Les présentations faites, elle nous entraîne au salon où nous attendent une flambée et un thé. Sapristi est admis ; ce soir, il aura de la compagnie, un labrador comme lui qui, pour l'instant, bat la campagne avec son maître.

— Charles a été très déçu d'apprendre que Matthieu ne serait pas des nôtres, déplore Ghislaine. Il lui avait réservé son meilleur fusil.

— Mon père est un lâcheur qui ignore ce qu'il perd, constate Laure, installée dans la même bergère que Thibaut.

Et soudain je me vois. Dépareillée ! Il y a les sœurs, les Marcey, les fiancés... et moi au singulier ! Je bredouille : « Des dossiers en retard... » Le regard de maman passe sur moi.

— Mon gendre n'a jamais voulu comprendre que le repos faisait partie du travail, déclare-t-elle, et je sens de la colère dans sa voix.

— Notre mère assurait qu'une journée de chasse remettait son mari sur pieds pour toute la semaine, reprend Joyeuse dans la foulée. Nous, nous pleurions sur le sort des pauvres victimes... avant de nous en régaler, agrémentées de confiture d'airelle.

— Les cruelles ! constate Laure.

Un rire court. Ghislaine est aux anges — si l'on peut dire ! Je la sens finalement plus proche de maman et de Joyeuse que de sa co-belle-mère. Elle l'est !

Joyeuse, soixante-douze ans, Maman soixante-dix, elle soixante-six.

Moi, seulement quarante-quatre : la vie devant.

— Chère Ghislaine, suggère la Patronne avec gourmandise, si nous allions faire un tour avant que la nuit ne soit tombée ? Il m'a semblé apercevoir dans le jardin un *junipérus blue-star* de toute beauté. Je rêve d'en planter un sous ma fenêtre : c'est un arbre sur lequel le ciel a déteint.

Nous avons chaussé nos bottes et, après avoir admiré le junipérus et autres conifères apprivoisés, nous sommes allés marcher dans la forêt, entre chênes et châtaigniers. L'odeur du bois montait, nourrissante comme le pain. J'allais devant pour me soustraire à la conversation. Je pensais à la passion.

« La passion n'est qu'une faim passagère du corps, affirmait mon grand-père. Certains ignorants la confondent avec l'amour. Elle ne résiste jamais au temps et la plus grande des sottises est de se tuer en son nom : c'est se tuer pour un mirage. »

Un cousin qu'il aimait beaucoup s'était suicidé après le départ de sa belle.

Le mirage d'amour, Matthieu en était la proie. Il lui donnait si grand-soif que, pour la première fois, il songeait à déserter. « Elle ne résiste jamais au temps... » Six mois seraient-ils suffisants pour faire tomber la fievre ? Depuis l'autre soir, je n'étais plus certaine de vouloir lutter.

— Marie-Line a appelé maman. Viens voir un peu là ! Je racontais à Ghislaine comment on t'avait retrouvée sur le toit de l'Auberge, à quatre ans. Et pourquoi ? Tu t'étais mis en tête de toucher le ciel !

Toucher le ciel...

Charles de Marcey est rentré affamé et nous avons dîné tôt. Dans la serviette de Laure, joliment nouée sur son assiette, Thibaut avait glissé la bague de fiançailles : bague de famille faite d'un beau rubis dans une poussière de diamant. Lorsque la goutte écarlate est tombée sur la porcelaine blanche, Laure est restée pétrifiée. Thibaut l'a cueillie et il l'a glissée au doigt de sa fiancée. Voyant les larmes dans les yeux de cette fille qui, depuis l'enfance, mettait son point d'honneur à ne jamais pleurer, je me suis dit qu'une année de vie commune avait dissipé les mirages et que c'était vraiment l'amour qu'elle vivait.

Après le repas, bloc et crayon en main, nous avons parlé mariage en commençant par dresser la liste des invités : famille proche, amis des uns et des autres, on arrivait très vite à trois cents personnes. Ghislaine a proposé de s'occuper des faire-part ainsi que des tenues des garçons et demoiselles d'honneur. Maman a déclaré qu'elle se chargerait de la décoration de la maison et de l'église. Joyeuse a accepté que l'on engage un traiteur, à condition de se voir confier les desserts ; elle avait son idée pour la pièce montée, et la récolte de framboises — exceptionnelle cette année — qui encombrait le congélateur, garnirait charlottes et tartelettes.

— Vous organisez, vous organisez..., est intervenu Charles de Marcey. Mais Matthieu n'aurait-il pas son mot à dire ?

— Pas de problème du côté de papa, a tranché Laure. A la maison, c'est maman le banquier !

Dans le haut lit à baldaquin, calée sur mes oreillers, une bouillotte contre les pieds, je réfléchis : « C'est maman le banquier... »

Et si bientôt je ne l'étais plus ? Pour la première fois, je pense « gros sous ». De quoi vivrai-je si Matthieu me quitte ? Mon travail ne représente qu'un modeste appoint dans le budget.

Je chasse ces pensées qui me paraissent indignes. J'aime Matthieu et veux le garder, un point c'est tout. Les questions d'argent ne rentrent pas dans l'histoire ; pour continuer à vivre à ses côtés, je serais prête à tout donner.

— Toc, toc, toc, on peut faire escale ?

La tête de Laure apparaît par l'entrebâillement de la porte ; le corps suit, vêtu d'une simple veste de pyjama d'homme qui lui bat les genoux. J'ouvre le drap pour l'accueillir. Elle se précipite.

— Alors, raconte : la belle famille, tu la trouves comment ?

— Je la découvre ici, surtout Ghislaine ! Sans chapeau, c'est une autre femme.

— Il faut que tu comprennes que ce sont des paysans, déclare Laure. Noblesse terrienne, hobereaux. Quand je pense que papa n'est pas là ! Lui qui aime l'ancien, il aurait adoré. Tu ne crois pas qu'il aurait pu faire un effort, ce salaud ?

— Il viendra la prochaine fois.

— Il a intérêt.

Ma fille se tortille : ce n'est pas seulement pour me parler des beaux-parents qu'elle est venue me trouver, et la suite semble avoir du mal à passer. Je tends une perche : « A part ça, toi ? »

Alors ses lèvres viennent s'enfoncer dans l'une de mes joues : « A part ça, pour le mariage qui va vous mettre sur la paille, merci M'man ! » Puis c'est au tour de l'autre joue : « Et merci quand même, P'pa. »

L'escale est terminée.

Nous avons quitté « Montplaisir » dimanche vers quatre heures. Avant de partir, je suis allée faire un dernier tour en forêt. Un vent soyeux, mêlé de bruine, courait, semeur de souvenirs. Près d'un chêne, sur un sol en pente, j'ai déniché deux cèpes, dont l'un de taille appréciable. Nous les avons dégustés en omelette à l'Auberge, et tel était leur parfum qu'il m'a semblé mordre dans l'automne. Je n'avais pas envie de rentrer, je songeais à demander asile pour la nuit lorsque, sitôt bue la citronnelle, maman a déclaré : « Ma chérie, il est l'heure d'aller retrouver ton mari. »

« L'heure des braves », a soufflé Joyeuse à mon oreille.

Et l'on m'a tout simplement fichue à la porte. Ces anges, quand même !

Onze heures sonnaient lorsque je suis arrivée à la maison ; de l'escalier, j'ai entendu la pendule. Sur le guéridon de l'entrée, il y avait un bouquet encore entouré de son papier. Parmi les glaïeuls et les lys souriaient des « compagnons roses ».

— J'ai trouvé ça sur le paillasson, a dit Matthieu en apparaissant à la porte de son bureau en pyjama et kimono. Ni carte, ni rien. Comme tu ne rentrais pas, je m'apprêtais à les mettre dans l'eau.

Imaginais-je le reproche dans sa voix ? Mes joues sont devenues brûlantes ; j'ai pris le bouquet et l'ai porté à la cuisine. Matthieu m'a suivie.

— Ça doit être Bernadette, ai-je bredouillé, tu sais, mon amie de travail. Je lui ai rendu récemment service.

Mon mari n'a pas répondu ; visiblement, il ne me croyait pas. Non, il n'était pas si facile de mentir !

J'ai disposé les fleurs dans un vase que j'ai posé sur la cheminée du salon. Matthieu me suivait toujours. Levant les yeux vers la glace, j'ai surpris son regard stupéfait.

— Mais tu t'es coupé les cheveux !

En les frisant, la pluie les avait encore raccourcis et Laure m'avait fait gentiment remarquer que je ressemblais à un joli pâtre.

Je me suis tournée vers mon mari et j'ai dit :

— J'avais envie de changer de tête.

— Cela te va plutôt bien, a-t-il concédé.

A cet instant-là, j'ai pressenti que je n'avais plus à craindre qu'il rompe avant le mariage, j'en ai même eu la certitude. Par le pouvoir de quelques fleurs, de quelques mèches de cheveux en moins, voici que je ne représentais plus seulement pour lui l'empêcheuse de danser en rond, l'obstacle à écarter, mais que je redevenais une femme, sa femme.

Matthieu venait de me regarder à nouveau.

Chapitre 14

L'une, je l'appelais Marie, Marie-l'épouse, experte en potages-maison, repasseuse de chemises d'homme, dénicheuse de clés ou lunettes égarées ; celle qui, certains soirs, voyant dodeliner la tête aux cheveux gris de son mari derrière le journal ou le livre, s'en voulait de ne pouvoir retenir, dans un cœur déchiré par lui, l'élan de la tendresse. Et Marie-la-mère, qui prenait plaisir à faire tourner des machines pour ses enfants, glissait dans le sac d'Olivier le cake hebdomadaire — « avec beaucoup de fruits confits, s'il te plaît » —, dressait une liste de cadeaux avec une future mariée en ébullition.

« Marie-Poule », aurait ricané Charlotte.

C'était aussi Marie qui recevait en plein cœur le premier vrai sourire de Tristan et, devant la difficulté d'être de tant d'innocents au seuil de la vie, ne se sentait plus le droit de se plaindre, fût-ce à elle-même.

Chaque fin de semaine, Marie allait à l'Auberge comme on va à la source, refaire peau neuve, refaire ses forces. En respirant l'odeur du *diamant noir,* la truffe dont Joyeuse farcirait les foies gras du premier janvier, en tournant la cuiller en bois, en montant les blancs en neige, en râclant les bords du moule à soufflé sous l'œil étoilé des anges.

L'autre, c'était Line : celle qui, depuis le « soir du bouquet » et un certain regard de Matthieu, avait retrouvé l'espoir de le reconquérir et ne négligeait aucun moyen d'y parvenir.

Line avait teint en châtain-doré les quelques cheveux blancs de Marie, elle avait appris à se maquiller, rendre plus velouté son regard, plus sensuelles ses lèvres Elle portait des dessous affriolants en prévision du jour où Matthieu daignerait s'en apercevoir ; et comme il ne se pressait pas de daigner, il lui arrivait de laisser dépasser d'un tiroir de petits appâts de soie ou de dentelle.

Line avait lu avec trouble un livre érotique où l'auteur décrivait très précisément et non sans poésie les plaisirs qu'un homme et une femme peuvent attendre l'un de l'autre. Un soir, essayant devant la glace le porte-jarretelles et les bas, regardant jouer sur la tendre chair blanche la petite musique de dentelle noire, elle avait senti s'éveiller au bas de son ventre le souvenir d'une ancienne faim.

« Et si... ? » s'était-elle demandé, le cœur battant.

Si ce bouleversement de sa vie, l'ardente attente accomplissaient le miracle et que dans les bras de Matthieu le plaisir était cette fois au rendez-vous ? Certaines nuits, aux côtés de son mari endormi, elle avait envie jusqu'à la douleur de tendre la main vers ce corps qui ne lui appartenait plus, pour renouer ce lien-là.

Mais on aurait dit que chaque jour sans caresses ni baisers avait rajouté sa pierre à un mur qui semblait à présent infranchissable. Lequel oserait tenter le premier geste ? Il lui arrivait de désespérer...

... pour, au matin, repartir en guerre, car Matthieu,

de plus en plus souvent, posait sur elle un regard différent : intrigué ? inquiet ?

Line avait des réunions le soir, elle recevait des coups de téléphone dont elle évitait de parler, il n'était plus besoin à son mari de chercher des excuses pour s'absenter, elle-même était si prise ! L'autre jour, elle avait reçu une boîte de chocolats, anonyme comme les fleurs. « Encore un service rendu ? » avait demandé Matthieu avec un humour crispé.

Les chocolats, je les avais reçus d'une petite fille qui ne s'arrachait plus les cheveux depuis qu'elle savait dire « *moi, je* ». Les réunions, c'étaient des conférences ou des débats sur l'enfance, un cinéma avec Bernadette, un dîner avec Olivier, une visite à Henri et à sa *Femme au miroir*. Les coups de téléphone, c'étaient eux, et Bertande, et Laure...

J'avais vécu un moment étonnant avec ma fille, alors qu'entre deux emplettes nous déjeunions dans un bistrot. « C'est laquelle des deux demoiselles qui paye ? » avait demandé le serveur au moment de donner l'addition. « Cette demoiselle est ma mère ! » avait répondu Laure, furieuse. Et me voyant ravie, déployer mes charmes, elle avait ajouté : « Mais qu'est-ce qui t'arrive, maman, à quoi tu joues ? Parfois j'ai l'impression que c'est toi qui te maries !... »

Et avec Olivier, un moment de désespoir... Nous dînions en tête à tête lorsque, au dessert, d'une petite voix, il m'avait dit : « Ce serait tellement bien que tu laisses repousser tes cheveux. Je ne te reconnais plus ; maintenant, tu es comme tout le monde. »

Après son départ, j'avais pleuré, car c'était cette femme « comme tout le monde » que Matthieu préférait, c'était Line et pas Marie qu'il regardait. Je m'étais soudain sentie lasse de ce jeu, à me recroqueviller dans un coin comme Tristan, la première fois que je l'avais rencontré.

« Deviens ce que tu es. Accepte tes pensées, tes désirs et même tes moments de haine. Ne crains pas d'être toi. » Tel était le message que, de toute mon énergie, je tentais de transmettre aux enfants dont je m'occupais. Alors que je m'appliquais à devenir celle que je n'étais pas.

C'est une dizaine de jours avant Noël. Nous sommes allés dîner chez des amis. Henri est présent. Nous avons tous deux joué à la perfection le rôle de ceux qui se retrouvent après un trop long silence. Je porte une nouvelle robe, en soie rouge. Nous buvons une coupe de champagne avant de passer à table quand, soudain, le doigt de mon voisin — un joyeux luron — se tend vers ma jupe.

— Mais Marie-Line se dévergonde, voyez-moi ça !

Ma position sur le canapé, le léger tissu de ma robe laissent clairement deviner les attaches du porte-jarretelles que j'étrenne ce soir.

Mes joues s'enflamment et je tire sur ma jupe, ce qui ne fait qu'aggraver les choses. Tous les regards convergent vers moi, dont celui de Matthieu, stupéfait.

— C'est plus agréable à porter que des collants, dis-je.

... la phrase préparée, mais que je n'avais jamais pensé avoir à utiliser devant tant de témoins.

Mon mari a un sourire crispé : « Il paraît que c'est la mode », constate-t-il comme s'il était au courant de mon innovation.

Les femmes renchérissent ; je ne suis pas la seule à apprécier cette lingerie et la plupart des hommes s'en déclarent ravis. Henri ne participe pas à la conversation ; il regarde ailleurs.

— Mode ou pas, insiste mon voisin, je ne sais pas ce que tu as fait à ta femme, Matthieu, mais elle rajeunit chaque jour.

Durant le dîner, il n'a cessé de me regarder ; c'était la première fois que, depuis notre mariage, je lui donnais l'occasion de se montrer jaloux, et j'en étais comme électrisée. Line en a rajouté, elle s'est laissée courtiser par ses voisins, riant trop fort à leurs plaisanteries.

Henri demeurait silencieux. Tout à la fois, j'évitais de regarder de son côté et avais envie de lui dire : « Tu vois, la fille aux baguettes de tambour, la pensionnaire est encore capable de plaire. »

Sitôt le repas terminé, Matthieu a déclaré qu'il voulait rentrer : demain, il se levait tôt. Les plaisanteries ont fusé ; ses regards sur moi n'avaient pas échappé à ses amis. Etait-ce vraiment de dormir qu'il était si pressé ?

Comme elles m'avaient fait souffrir, depuis quelques semaines, ces allusions à notre vie intime, moi à qui mon mari ne faisait plus l'amour ! Et qu'il m'était douloureux alors de faire bonne figure ! Ce soir, j'en souriais.

Dans la voiture, il n'a pas desserré les dents. Cette fois, *elle* n'était pas cause de sa mauvaise humeur. Mon excitation était retombée, j'avais du mal à respirer. Devinais-je bien ? Etait-ce pour ce soir ?

J'ai pris un bain, comme d'habitude, et, une fois séchée, j'ai enduit mon corps d'un gel discret, légèrement parfumé, qu'il était conseillé de mettre jusqu'aux endroits les plus intimes. Je me sentais à la surface de moi-même, incapable d'une pensée claire. J'ai appelé à mon secours la *Femme au miroir*, celle du tableau d'Henri. Oui, le vent se levait à nouveau sur ma vie ; de quel côté allait-il souffler ?

Généralement, Matthieu avait éteint lorsque je revenais dans la chambre. Tourné du côté du mur, il dormait ou faisait semblant, et je m'étais parfois demandée s'il ne *lui* avait pas promis de ne plus me toucher.

Lorsque j'ai poussé la porte, la lumière était encore allumée ; il m'a regardée venir vers lui dans ma courte chemise de soie, avec une expression d'attente mêlée de reproche. Soudain, j'ai eu envie de crier : « Pouce, je ne joue plus, c'était de la frime, je t'aime, je t'aime ! »

Mais Line, qui avait tout fait pour que ce moment vienne, s'est glissée sans mot dire auprès de son mari.

Chapitre 15

Sans un mot, il tend le bras pour qu'elle loge sa tête au creux de son épaule ; le grain de cette peau, l'odeur de ce refuge de chair battante, elle les reconnaît, et, femme privée, femme assoiffée dans les sables de la solitude, elle s'en abreuve, s'en repaît. Ah, rester ainsi longtemps et, sans gestes ni paroles superflues, renouer !

Il tourne son visage vers le sien et sa bouche effleure son front. Y aura-t-il un vrai baiser ? Leur dernier baiser d'amants, il faut aller le chercher si loin qu'il paraît impossible à donner, intimidant, presque indécent. Et elle se dit que le jour où, à nouveau, se mêleront leurs haleines et leurs salives, ce sera un signe, le retour aux sources de l'amour.

Mais, déjà, trop pressée, la main de Matthieu descend vers ses seins et les caresse par-dessus la chemisette, cherchant à faire durcir leur fleur. Elle se tend, se mobilise ; cette fois, elle le suivra, elle ne restera pas sur la berge à agiter le mouchoir du regret et de la tendresse, elle partagera sa tempête, et, pour l'en avertir, sous ses doigts, elle frémit, un peu, pas trop, avant de lui rendre la caresse, d'effleurer, dans la soyeuse broussaille, les deux boutons dressés qu'elle sait sensibles.

Elle n'a pas osé éteindre, de peur de se couper du regard de Matthieu, mais dans la lumière, les gestes lui semblent plus difficiles à faire, et le silence sans fond.

Rassasiée de ses seins, la main descend plus bas et soulève la chemisette pour caresser son ventre. Remarque-t-il comme sa peau est douce ? Sent-il le parfum dont elle l'a imprégnée ?

Dans le livre qui la troublait, l'amant demandait à la maîtresse de préparer son corps pour le recevoir comme on prépare un jardin des délices ; il le voulait humide, odorant, ouvert à lui, et elle pensait aux rouges anémones des parcs sous-marins, dansant au gré du flot. Lorsque la main de Matthieu vient en écarter les pétales, à nouveau elle frémit : un peu, pas trop.

Il s'attarde, il s'intéresse et tente de lire sur son visage. Rien à voir avec l'amour furtif, presque honteux, qu'il lui faisait ces dernières années — et elle en était humiliée, car il lui semblait n'être plus, pour Matthieu, qu'un corps anonyme, propre à assouvir une faim passagère. Ce soir, ce n'est pas l'épouse qu'il désire, mais la femme que ses amis ont courtisée, la légère au porte-jarretelles, la mystérieuse à qui l'on envoie des fleurs et des chocolats ; il veut lui rappeler qu'elle lui appartient, peut-être la reconquérir, aussi prend-il son temps.

Et celui d'agir est venu pour elle !

Elle descend sa main, la descend encore et, rencontrant le désir tendu, à vif, cette fois c'est un vrai frisson qu'elle exprime, car il lui semble saisir des veines, du sang, l'essence de la vie. Comme elle laisse courir ses doigts le long de la tige dressée, il s'abandonne. Elle est la maîtresse du jeu.

Du jeu !

« Oui », soupire-t-il de la voix sourde des marins perdus. « Oui », ordonne-t-il, réclamant plus de tempête, plus de vertige encore. « Je l'aime », se dit-elle avec désespoir. « C'est parce que je l'aime », se répète-t-elle. Ses doigts deviennent humides ; il s'arrache à sa caresse pour venir en elle.

Un autre passage avait troublé Line dans le livre qui faisait monter en elle le secret espoir d'être un jour heureuse dans les bras de son mari. L'amant révélait à sa jeune maîtresse qu'elle avait au fond de son ventre comme des lèvres secrètes qu'elle devait apprendre à serrer autour du désir de l'homme pour lui donner une plus grande jouissance. Le maître faisait découvrir à l'élève cette bouche cachée et lui enseignait la façon de la contracter. Dans l'eau tiède de sa baignoire, Line s'y était exercée et, après plusieurs tentatives, elle avait éprouvé — comme une réponse montant du fond d'elle-même — une irritante chaleur qui l'avait laissée étourdie.

Sous celui de son mari, son corps danse et ondule, l'anémone s'ouvre et se referme. Il le sent et il a une plainte. Lorsqu'il crie, Line ose gémir.

Un peu, pas trop !

Quand j'ai été certaine que Matthieu dormait, je me suis glissée hors du lit et suis allée dans la salle de bains. J'ai refermé la porte et j'ai longtemps pleuré.

Tout s'était passé à merveille, et même au-delà de mes espérances, j'avais joué à la perfection le rôle que je m'étais fixé : Matthieu était ferré.

Mais, fleur de pierre et de marbre, fleur mortuaire,

gisante de mes jeux d'enfant impubère, je n'avais rien senti.

Et après l'amour, tandis que Matthieu reposait contre moi, je n'étais pas parvenue à lui dire « je t'aime », comme au temps de celle qui ne trichait pas.

III

Je nage

Chapitre 16

— Les vacances, c'est dans trois jours, m'annonce Tristan comme je referme sur nous la porte de la salle de jeu ; Noël va venir très vite, maintenant.

— Je pense que la famille va fêter ça ! dis-je.

— Il y a déjà le sapin dans le living, avec des boules et des guirlandes. On posera les cadeaux à son pied. C'est les parents qui mettent les cadeaux, le père Noël n'existe pas, répond-il d'un trait. J'ai demandé une voiture téléguidée.

Très excité, il court, crie, pétarade autour de la pièce. Il est loin, le temps où Tristan se tenait recroquevillé dans un coin. Il a compris au moins une chose : ici, il ne sera pas jugé, il ne lui arrivera rien de mal.

Soudain, il s'arrête devant le carton à jouets, en tire une petite assiette de poupée en plastique fleuri et la regarde fixement ; toute joie a disparu de son visage.

— Lui, il ne pourra pas manger de la dinde aux marrons, à cause de sa gorge, remarque-t-il de la grosse voix qu'il prend souvent en évoquant son père. La dinde ne passe pas, encore moins les marrons, parce que c'est râpeux.

— Peut-être ta maman lui fera-t-elle une excellente purée avec les marrons ? dis-je.

— Au mixeur, acquiesce-t-il. Tout ce que papa mange est au mixeur. Pourtant, je ne suis pas un nourrisson, ajoute-t-il avec la voix paternelle.

Je demande :

— Et toi, Tristan, tu trouves ça bon, la dinde ?

— Je ne sais pas, murmure-t-il. Mais les marrons, c'est mauvais, ça c'est sûr.

Il jette l'assiette dans le carton et se laisse tomber sur le sol, arrêté dans son élan par ce qu'a évoqué en lui ce jouet : le cancer de son père, la difficulté qu'éprouve celui-ci à s'alimenter.

Ai-je bien compris ? Un jour, un père veut obliger son fils à monter sur un cheval. Terrorisé, le fils s'entête dans son refus, le père s'énerve : « Il me tue, ce garçon ! » hurle-t-il. Et le cheval meurt... Et le père a un cancer.

J'ai exprimé à madame Moréno le désir de rencontrer son mari ; elle m'a promis de lui en parler, mais son air de doute ne m'a pas laissé grand espoir.

Tristan revient vers moi.

— Je vais te faire un dessin pour Noël, décide-t-il. Tu le mettras près de ton sapin.

— Voilà une bonne idée... Cela me fera grand plaisir.

Son visage s'éclaire. Il s'installe à la table où sont posés des feuilles et des crayons de couleur. Il regarde autour de lui, puis son regard va à la fenêtre et il fixe le ciel.

— Comment dessiner là où on se sent bien ? demande-t-il au ciel et à lui-même. Comment le faire ?

— Tu voudrais dessiner un endroit où tu te sens

bien ? dis-je. Mais tu ne sais pas comment t'y prendre ?

Son regard revient vers moi.

— Je voudrais faire ici, parce qu'ici je n'ai pas peur, dit-il avec effort.

— Veux-tu dire qu'en d'autres endroits, il t'arrive d'avoir peur ?

Le visage de Tristan se crispe, ses lèvres tremblent.

— A l'école, répond-il d'une voix très basse. Je ne veux pas aller à l'école : les autres enfants sont méchants avec moi.

Les larmes roulent sur ses joues. C'est la première fois qu'il exprime sa peur et, la nommant, il commence sans le savoir à s'y attaquer. Il arrive que le regard méprisant d'un père empêche l'enfant de trouver en lui le courage nécessaire pour se défendre lorsque les autres le brutalisent. Si un père ne fait pas confiance à son fils pour se faire respecter, il est difficile pour l'enfant d'en trouver la force. Même nous, adultes, puisons des forces dans le regard de ceux qui nous entourent.

— Ils sont méchants avec toi ?

— Ils me font des misères, dit-il dans un sanglot.

Il choisit un crayon bleu clair et commence à colorier le haut de la page.

— Dans cet endroit-là, il y a du ciel, constate-t-il, forcément du ciel.

Des pas, des voix résonnent dans le couloir ; Tristan cesse de dessiner et relève la tête, inquiet.

— Tu peux continuer, nous avons tout notre temps, dis-je. Il n'est que onze heures. Encore une demi-heure.

A nouveau, il colorie. Onze heures déjà ! Lorsque je me trouve avec ce petit garçon qui voudrait si fort exister, mais ne sait comment, je ne vois pas le temps passer. C'est que nous sommes, ainsi que l'a si bien exprimé un grand musicien, « dans la chair de la vie ».

— Il y a aussi quelqu'un dans cet endroit, m'annonce-t-il.

Cette fois, il choisit un crayon brun et, non sans adresse, à grands traits, il dessine un personnage qu'il revêt d'une ample robe à laquelle il ajoute de haut en bas des boutons en forme d'étoiles ; on dirait le vêtement d'un magicien. Puis il fait les bras, auxquels il joint des mains aux longs doigts. Enfin, après m'avoir souri, il ajoute sur la tête de son personnage une montagne de boucles, style « afro », qui ferait tordre de rire Laure.

— Toi avec tes nouveaux cheveux, constate-t-il.

Il a donc remarqué ! Et voilà que j'ai envie de lui demander comment il trouve ma coiffure, si elle lui plaît ou s'il me préférait avant. C'est absurde ! Moi l'adulte, la spécialiste, je voudrais avoir l'approbation de ce petit garçon ! C'est que son regard est encore pur...

C'est également que si je suis là pour l'aider, il m'aide lui aussi.

Il se tourne vers le carton à jouets.

— Dans cet endroit, il y a aussi des jouets, alors il faut les faire, remarque-t-il avec un soupir résigné. Il y a des camions, des livres, un cheval, une dînette, des poupées...

Tout en énumérant les jouets, il dessine un gros cube d'où dépassent des formes diverses.

— Un garçon ne joue pas avec des poupées, poursuit-il en changeant de voix. Un garçon ne pleure pas, sinon c'est une poule mouillée.

Comme il prononce ces mots, son crayon traverse le papier. Il se fige, le visage douloureux. Du doigt, je lisse la feuille abîmée, tandis que, d'une voix neutre, je demande :

— Une poule mouillée, c'est comment à ton avis ? Pourrais-tu me la dessiner ?

Il lève les yeux vers moi, distrait dans sa souffrance, étonné de ma demande.

— C'est une poule qui est mouillée, alors elle est toute aplatie, elle ne peut plus voler. C'est une poule qui a perdu ses ailes, découvre-t-il avec beaucoup de pertinence.

— C'est tout à fait ça, dis-je. Mais, « poule mouillée », c'est aussi une « expression ». Sais-tu ce qu'est une expression, Tristan ?

— C'est une chose qu'on apprend par cœur à l'école ? interroge-t-il.

— A l'école, et en dehors de l'école aussi... C'est une image. Comme si, à la place de quelqu'un, tu mettais une image, une poule à la place d'un garçon, par exemple. Mais moi, ça m'étonnerait qu'un garçon soit une poule mouillée, parce que je n'ai encore jamais vu une poule porter un pantalon et des baskets !

Alors il rit. L'idée de la poule en pantalon et baskets lui semble si comique, absurde, qu'il éclate de rire. Non, bien sûr, il ne peut être une poule mouillée, parce qu'une poule n'a jamais porté de pantalon et de baskets. Sans qu'il sache pourquoi, cette idée le rend plus léger... Et le jour où Tristan comprendra que lorsque son père a crié : « Tu me tues », il s'agissait également d'une expression, et que, même si, un instant, dans son cœur de petit garçon épouvanté, il a souhaité cette mort, même s'il a crié en lui : « Eh bien, qu'il meure, bon débarras ! », il n'est pas plus coupable du cancer de son père que de la mort de Caprice, ce jour-là, ses ailes de futur homme libre et responsable s'ouvriront.

Et il me semble qu'il s'envolera très haut.

— Je crois que je vais dessiner cette poule, dit-il soudain.

Dans un coin de la feuille, à l'écart, s'appliquant de toutes ses forces, comme on se désenvoûte, il dessine le volatile auquel il ajoute une belle crête. Sous la poule, avec un sourire, il dessine un rond :

— Cela m'étonnerait aussi qu'un garçon ponde un œuf ! remarque-t-il.

Puis, à nouveau, il contemple son œuvre et lorsqu'il relève les yeux vers moi, j'y décèle une lueur de malice.

— On dirait qu'il manque quelqu'un ici, me fait-il remarquer.

— J'en ai bien l'impression, dis-je. Si je ne me trompe, il y a moi avec mes nouveaux cheveux, il y a les jouets, la poule... Et puisque ce n'est pas toi, la poule, il manque en effet quelqu'un d'important.

— Quelqu'un de *très* important, rectifie-t-il avec un mélange de timidité et de dignité.

A quelque distance du personnage en robe qui me représente — alors que Tristan ne m'a jamais connue qu'en pantalon — il en esquisse un plus petit. Il en allonge démesurément l'un des bras, et, au bout, dessine une main qu'il allonge à son tour jusqu'à ce qu'elle touche la mienne.

Puis il range le crayon dans la boîte et la referme soigneusement. Avec un soupir de bien-être, il pousse son dessin vers moi.

— Voilà l'endroit où on est heureux, dit-il.

Chapitre 17

Henri m'attendait à la porte de l'hôpital. La veille, il m'avait téléphoné pour me proposer de déjeuner avec lui. Nous ne nous étions pas revus depuis ce que j'appelais en moi le « dîner-porte-jarretelles », celui où je m'étais si bien donnée en spectacle.

Depuis quelques jours, un froid intense s'était abattu sur la France ; on parlait de records. J'ai mis quelques secondes à reconnaître l'homme en canadienne et bonnet russe qui se penchait sur ma joue ; j'étais moi-même en anorak et bottes fourrées.

— Combien de temps as-tu à m'accorder ? a-t-il demandé.

— Autant que tu voudras !

Je plaisantais. En ce qui me concernait, j'étais libre le reste de la journée, mais je savais que son temps à lui était compté. Il m'a ouvert la portière de la voiture :

— Alors, je t'enlève !

— Où allons-nous ?

— Visiter la Belle au bois dormant...

Elle s'appelait Ariane. Le corps abandonné, la tête au berceau de ses bras, elle dormait dans le parc de

Versailles recouvert de la gaze blanche du givre. Ainsi que dans le conte, le temps s'était arrêté autour d'elle. Le long des allées, dans les bassins, au creux des grottes, les dieux, gardiens du Palais, semblaient avoir été frappés d'immobilité par un coup de baguette magique : prête à lancer sa flèche, Diane tendait son arc ; un jeune faune approchait une flûte de ses lèvres entrouvertes ; arrêtés en plein galop, les chevaux d'Apollon, crinières au vent, n'attendaient qu'un coup de fouet pour bondir.

Je ne sentais plus la morsure du froid. Je regardais ces sourires figés, j'écoutais ces prières interrompues et, au fond de moi, un écho y répondait. L'âme de ce monde où rois et dieux faisaient bon ménage parlait à celle de la modeste citadine d'une république moderne dont les citoyens se flattaient de se passer du Ciel, tout en en éprouvant dans leur chair périssable la douloureuse nécessité.

— Quand le prince viendra-t-il réveiller Ariane ? ai-je demandé.

— Sache que ce prince n'est autre que Dionysos, dieu du vin, m'a appris Henri. Souhaitons plutôt qu'il demeure en ses vignes... S'il tire Ariane de son sommeil, elle prendra des rides, elle deviendra jalouse et acariâtre, ainsi que toutes les vieilles déesses condamnées à l'éternité. Laissons-la rester belle à jamais.

Nous gravissions les marches de pierre qui menaient au château. Rêve tendu sur le bleu dur du ciel, il était bien le palais des dieux.

— La beauté, comment la définir ?

— Chacun a sa définition, a répondu Henri. J'aime bien celle qui parle de « victoire sur la mort ».

Comme chaque fois qu'il se permettait d'être grave, il s'est mis à rire.

— En attendant, j'irais bien rendre hommage aux mânes de Monsieur Vatel ; j'ai un *p'tit creux*, comme dirait ma filleule.

— Moi, la beauté m'a toujours donné des *p'tits creux*, ai-je remarqué.

— Définition acceptée ! s'est-il exclamé avec enthousiasme.

C'était un ravissant hôtel particulier, à quelques pas du château. Voyant les étoiles inscrites à son fronton, je me suis arrêtée.

— Mais où m'emmènes-tu ? Jamais on ne m'acceptera ici, tu as vu ma tenue ? Je suis en sports d'hiver !

— Tu es en Marie, et Marie est acceptée partout, a décrété Henri.

Il a ouvert la porte et je suis entrée sans plus hésiter : ces mots, le ton avec lequel ils avaient été prononcés, m'auraient donné l'audace de traverser tête haute, la Galerie des Glaces pour aller faire ma révérence au roi.

On avait l'impression d'être les invités d'une famille d'autrefois. Il n'y avait pas de grande salle, mais une succession de petites pièces aux murs desquelles étaient suspendus les portraits de tantes dignes, d'oncles à petits bedons et gilets de couleur.

Ici, ce devait être le bureau où travaillait le maître de maison. Là, sa bibliothèque, suivie du grand et du petit salon. Des feux crépitaient dans les cheminées ; dans chaque pièce, quelques tables rondes étaient disposées.

Dans celle où l'on nous a menés, tout était reflets : la moire des rideaux, le bois blond d'un piano, les larmes du lustre de cristal. Il y avait des violettes sur les tables; pour l'instant, les autres étaient inoccupées.

— Veux-tu m'excuser deux minutes? a demandé Henri. Un coup de téléphone à donner.

Il a parlé au serveur et a disparu. Cela ne me déplaisait pas de me retrouver seule un moment. J'éprouve toujours, après avoir vu de belles choses qui m'ont emmenée loin, le besoin de raccorder, dans le silence, le corps et l'esprit.

J'ai regardé le piano, un Erard. A ce clavier, une petite fille avait répété ses gammes, rêvant comme toutes les petites filles du monde de devenir une grande artiste admirée, applaudie, reconnue. Il m'a semblé l'entendre; c'était ma sœur.

Un serveur a posé devant moi une flûte de champagne; je l'ai portée à mes lèvres et, de toutes mes forces, j'ai souhaité que le temps s'arrête, ici, maintenant, me pétrifiant dans ce moment parfait, ce pétillement blond de la fête dans mon gosier. Parfois, je suis lasse de me battre.

— A quoi rêve ma Belle au bois dormant? a demandé Henri en prenant place en face de moi.

Ma gorge s'est nouée comme à chaque main tendue, chaque mot d'amitié : c'est ainsi depuis que je ne sais plus où me conduit la vie. J'ai dit :

— Au beau voyage que tu m'offres.

— Il ne fait que commencer, a répondu Henri, l'œil lumineux. Sitôt les *p'tits creux* comblés, nous partirons à la chasse au trésor; je viens de vérifier le rendez-vous.

Tandis que serveurs, maître d'hôtel et sommelier exécutaient leur ballet autour de la table, il s'est expliqué : ce n'était pas un hasard s'il m'avait menée à Versailles, il devait y expertiser un tableau, un

Modigliani. Un confrère souhaitait recueillir rapidement son avis.

— J'ai pensé que cela t'intéresserait. Le propriétaire nous attend à quatre heures ; si tu n'y vois pas d'inconvénient, je te présenterai comme mon assistante.

J'ai sorti de mon sac le dessin de Tristan.

— Moi aussi, j'ai une œuvre à te faire admirer : elle s'appelle *L'endroit du bonheur.*

Henri a pris son air d'expert. Du doigt, il a suivi le très long bras du petit bonhomme, tendu vers la main de la femme qui me représentait.

— Ce dessin-là est authentique, a-t-il déclaré. Seul Tristan pouvait avoir l'idée de mettre dans la robe de son personnage des étoiles en guise de boutons, parce que tu fais briller le bonheur en lui. Dommage qu'il soit déchiré.

— C'est sa souffrance qui l'a déchiré, ai-je dit. Il n'en a que plus de valeur pour moi.

Nous avons dégusté ce que Joyeuse, élevée au bourguignon, à la blanquette et au pot au feu, appelait la « cuisine de poupée » : des plats exquis, des sauces légères disposées comme des dessins dans nos assiettes. Et déjà on servait les desserts, le café. Henri a demandé la note. L'heure était venue du rendez-vous avec le peintre italien.

Le vieux monsieur qui nous ouvre la porte paraît aussi délabré et poussiéreux que son appartement.

— Alors, vous venez voir mon jeune homme ? nous lance-t-il gaiement.

Son « jeune homme » est à la place d'honneur dans le salon. Assis sur une chaise, très droit, l'air sage, il nous fixe de son regard absent. Je reconnais le long cou de cygne, le visage ovale des personnages de

Modigliani. Une raie bien tracée sépare les cheveux bruns, les mains sont posées l'une sur l'autre. Il porte un costume dans les teintes ocre. Il n'y a que lui sur la toile.

— Mon père affirmait qu'un bon portrait doit vous suivre des yeux, où que l'on se trouve dans une pièce, remarque notre hôte avec un rire de crécelle. Eh bien, ce regard-là m'aura suivi toute ma vie, même lorsqu'une mer nous séparait.

Henri détache le tableau du mur et le porte près d'une fenêtre. D'abord, il le regarde longuement, semblant l'interroger. Puis il sort de sa poche une loupe, une lampe de poche et se livre à un examen plus minutieux de la toile. Enfin, avant de la remettre à sa place, il la mesure. Près d'une demi-heure a passé, et il n'a toujours pas prononcé un seul mot.

— Votre opinion, monsieur ? demande anxieusement le vieillard qui a pris place dans un fauteuil.

— Avant de vous la donner, j'aimerais la confronter avec celle de maître Barbeau, répond aimablement Henri.

— Puis-je au moins avoir une impression ? insiste le propriétaire. Mon père affirmait tenir cette toile de l'artiste lui-même.

— Je ne suis pas très optimiste, dit simplement Henri.

La nuit est là. Nous roulons vers Paris. Le visage décomposé du malheureux propriétaire entendant tomber le verdict me hante. Il a eu un sursaut, sa canne a glissé à terre : « Pardonnez-moi si je ne vous raccompagne pas », a-t-il murmuré. Nous l'avons laissé face à sa déception.

— C'est l'affreux côté de mon métier, soupire Henri. Il nous arrive d'être des briseurs de rêve ! Cet homme a vécu toute sa vie, croyant posséder un Modigliani, ce tableau était son orgueil, et puis voilà ! Quel dommage qu'il ait voulu le faire estimer : s'il était resté dans l'ignorance, il serait mort un peu moins malheureux.

— N'a-t-il pas dit que le peintre avait donné lui-même cette toile à son père ?

— C'est certainement ce que prétendait ce dernier..., ainsi que le marchand qui lui avait vendu la toile. Bien des erreurs découlent de cette « petite histoire » que colportent les propriétaires. Avoir connu l'artiste ajoute une dimension sentimentale à la valeur de l'œuvre que l'on possède, alors on brode. Certains finissent pas s'abuser eux-mêmes.

Je demande :

— Es-tu sûr qu'il s'agit d'un faux ?

Je voudrais conserver un espoir : je n'aime pas les rêves brisés.

— Un tableau, c'est d'abord un échange entre le peintre et sa toile, m'explique Henri. Modigliani mettait dans le regard de ses personnages — que certains décrivent comme vides — tous ses rêves, sa détresse, sa quête. Chacun d'eux, pudiquement, est plein de lui.

Il s'interrompt un instant.

— L'artiste qui a peint cette toile avait une bonne technique et beaucoup de savoir-faire, reprend-il. Mais il n'a pas pu y mettre une émotion qu'il ne ressentait pas. Bref, je n'ai pas retrouvé dans ce portait l'équivalent des petites étoiles de Tristan.

Je soupire :

— Et moi qui n'ai rien vu de tout cela ! J'aurais juré que ce tableau était authentique.

Il rit :

— La première chose que l'on attend d'un expert, c'est d'*avoir l'œil*...

Nous quittons déjà l'autoroute. Dans l'autre sens, la circulation est intense ; les gens rentrent chez eux, leur journée de travail terminée. Ils vont vers le repos, la détente. Ils ont hâte d'être arrivés. Moi, je n'ai pas envie de rentrer chez moi !

— Pauvre vieux monsieur, dis-je. Je suppose que son « jeune homme » ne vaut plus rien...

— Plus grand-chose, en effet : en art comme en tout, seule l'authenticité a du prix.

En prononçant ces mots, il s'est tourné vers moi et, durant quelques secondes, il m'a semblé qu'il me lançait un avertissement.

Lui qui avait l'œil, avait-il deviné, l'autre soir, la comédie que je jouais à Matthieu et cherchait-il à m'avertir que c'était dangereux ?

J'ai eu envie de lui crier que Matthieu lui-même me condamnait à cette comédie : celle qui plaisait à mon mari n'était pas l'authentique, mais la trafiquée. C'était à celle-là, sans étoiles sur sa robe ni dans le cœur, qu'il avait refait l'amour l'autre soir. Celle-là était en train de le regagner.

Mais, entre Henri et moi, par une sorte de pacte tacite, jamais le nom de Matthieu n'avait été prononcé ; sans doute ne voulait-il pas avoir à juger son ami. De ce silence-là aussi, j'ai eu assez. Je cherchais mes mots pour exprimer sans pour autant accuser, lorsqu'il s'est mis de nouveau à parler.

Et ce qu'il a dit m'a tuée.

— Tant de gens regardent sans voir... Au fond, savoir regarder, c'est une question d'amour...

Nous arrivions à Neuilly, nous longions le Bois ; les phares des voitures levaient dans la nuit les fantômes givrés des pins. Des prostitués en manteaux de fourrure faisaient la retape malgré le froid. Si le coup de baguette magique avait endormi Ariane ici, sa robe aurait été maculée de graffiti par les pauvres hères d'aujourd'hui qui, sans racines ni horizon, prennent une joie mauvaise à souiller ce qui parle du temps.

... ce temps qui ne gardait désirables que les princesses de contes de fées alors que, dans la vie, il savait si bien défaire les amours, et vider les cœurs.

Nous entrions dans ma rue.

— Pour en terminer avec les tableaux, sais-tu qu'il m'est arrivé de penser à ta *Femme au miroir,* ai-je dit à Henri avec un rire. J'ai envie qu'elle se retourne. Je voudrais voir son visage ; il me semble qu'elle a quelque chose à me dire.

Il n'a pas répondu à mon rire ; brièvement, il a posé sa main sur la mienne.

— Bien sûr, elle a quelque chose à te dire ! Quant à son visage, ne regrette pas de ne pas le voir, tu le connais. C'est le tien !

Chapitre 18

Pour Noël, j'ai décidé d'offrir un fusil à Matthieu. Charles de Marcey lui avait fait promettre de chasser avec lui le canard en juillet ; si nous étions séparés, « Montplaisir » lui serait fermé. C'était donc faire confiance à un avenir commun, adresser un clin d'œil au destin.

Dans un salon aux boiseries dorées, qui sentait le cuir, le plomb, le luxe, un jeune homme très distingué m'a présenté différentes sortes d'armes. Ici, la mort devenait une fête. Je l'ai laissé choisir le modèle pour moi.

Olivier m'avait demandé un magnétophone, Laure, « un p'tit chèque » pour son voyage de noces.

Cela faisait longtemps que nous avions renoncé au sapin et j'ai placé le dessin de Tristan sur la cheminée, derrière les quelques santons que,sur ordre des enfants, j'y dispose toujours dès le début décembre, pour que ce soit « vraiment Noël ». Les boutons étoilés de ma robe me porteraient bonheur. Depuis que je crains d'être abandonnée, je vois partout des signes, des présages ; je comprends que, pour retenir l'amour, on fasse appel aux voyants, aux sorciers, au Ciel.

Alors que le premier janvier se fêtait à l'Auberge avec toute la famille, nous passions toujours Noël entre nous, à la maison, et j'avais redouté cette soirée. Tension entre Matthieu et moi, tension entre Olivier et son père... Tout s'est pourtant passé à la perfection.

Le temps s'était radouci et nous sommes allés à pied jusqu'à l'église pour assister à la veillée. D'autres familles cheminaient à nos côtés ; moment de grâce qui s'est prolongé tout au long de la messe où les mots « amour » et « partage » n'ont cessé d'être prononcés ou chantés par une assistance convaincue.

En rentrant, Matthieu a allumé un feu au salon, nous avons disposé nos souliers devant la cheminée, les présents sur les souliers, puis nous nous sommes jetés sur huîtres, praires et saumon fumé.

La tradition voulait que nous ouvrions les paquets avant de déguster la bûche. Découvrant le fusil dans le papier de soie, Matthieu est resté interdit. Les enfants aussi ouvraient de grands yeux : pourtant issue d'une famille de chasseurs, je n'avais jamais apprécié ce sport.

— C'est pour « Montplaisir », ai-je dit à mon mari. Tu auras plus d'une fois l'occasion de t'en servir là-bas.

— A condition que je n'aie pas perdu la main, a-t-il répondu en m'embrassant joyeusement.

Et il s'est amusé à charger son arme.

— Si tu tiens à assassiner de pauvres êtres qui ne t'ont rien fait, au moins épargne ta famille, a supplié Laure.

— Forêts d'Anjou, tremblez ! a déclamé Olivier.

Cela a continué sur ce ton un bon moment, enregistré par le magnétophone tout neuf de notre fils.

— On se le repassera l'année prochaine, on se

trouvera complètement idiots, ça sera bien ! a déclaré celui-ci, déjà nostalgique d'une fête qui ne faisait que commencer.

Matthieu a ri ; il a ébouriffé les cheveux d'Olivier et mon cœur s'est empli.

De mon mari, j'ai reçu un appareil photo dont je me suis aussitôt servie. Olivier m'a offert un cinquantième foulard, et Laure un chandail : « qui te permettra de rendre l'autre à son propriétaire ».

Ce que je ne m'étais toujours pas résignée à faire !

Il était temps de sabler le champagne et partager la bûche en réservant comme d'habitude le nain, le sapin et le chalet au plus sentimental de la famille. Vers deux heures, les enfants sont partis.

Je mettais un peu d'ordre dans le salon, livrant aux flammes les beaux papiers, les rubans dorés, non comme on élimine, mais comme on incinère, regardant avec la fumée se dissiper l'âme de la fête, lorsque deux bras m'ont entourée.

— C'était un beau Noël ! a constaté Matthieu.

Il fleurait bon l'eau de toilette que lui avait offerte sa fille. A travers le tissu léger de ma robe, j'ai senti qu'il était nu sous son kimono.

Il m'a tournée vers lui pour m'embrasser. Ce premier vrai baiser, comme je l'avais souhaité ! Je m'y suis abandonnée, je le lui ai rendu de toute mon âme.

Ses mains sont descendues, je les ai écartées : « Viens, regardons un moment le feu ensemble. »

Nous nous sommes assis sur le sol, lui appuyé au canapé, moi entre ses jambes, la tête sur sa poitrine. J'avais envie de parler : de Laure et de son futur bonheur, de l'avenir d'Olivier avec lequel, me semblait-il, Matthieu avait eu ce soir un véritable échange. Mais surtout de nous.

Car, pour ce qui nous concernait, rien n'avait encore été exprimé !

Deux fois, nous avions fait l'amour. Deux fois, Matthieu avait eu entre ses bras une femme plus ardente, différente de celle qu'il connaissait, et qui lui avait offert un plaisir inattendu. S'il s'était étonné, interrogé, il n'en avait rien laissé paraître : de ce sujet-là, on ne parlait pas.

Mais en ce soir de Noël, soir de toutes les promesses, de tous les espoirs, je voulais rompre le silence, casser le mensonge. Les paroles d'Henri me poursuivaient : « Seule l'authenticité a du prix. » Je voulais que Matthieu me regarde à nouveau telle que j'étais. Lorsque je trichais, il me semblait inoculer du poison entre nous. Oui, je devais parler ; nous n'avions fait l'amour que deux fois, il était encore temps ; c'était, me semblait-il, une dernière chance qui m'était offerte.

Pour commencer, je lui dirais que je l'aimais : son étreinte m'avait manquée, j'avais eu follement envie d'être à nouveau dans ses bras ; j'avouerais avoir tout fait pour qu'il m'y reprenne : « Je suis partie en guerre pour te séduire... » Là, je rirais : « Avec Charlotte, je jouais à la morte ; avec toi, j'ai joué au volcan. »

J'ai fixé les flammes.

— Si nous parlions un peu de nous ? ai-je dit.

Il a eu un rire :

— Mais, nous, cela a l'air d'aller plutôt bien !

Des deux mains, il a enveloppé mes seins et il a ajouté avec la voix rude de la timidité :

— On dirait qu'on se comprend mieux, non ?

Non ! C'était maintenant qu'il fallait le dire ; je ne voyais pas son visage, ce serait moins difficile.

La lâcheté l'a emporté, je n'ai pas pu parler. Comment dire à un homme qui vous désire : « Je n'éprouve rien dans tes bras ? » Matthieu ne supporterait pas cette vérité-là, je le blesserais dans ce que les hommes ont de plus sensible : leur virilité. Il se sentirait coupable. « J'ai triché... » Il me regarderait avec horreur, mépris, et il aurait raison. Au bord de la victoire, je le perdrais, cette fois sans retour.

Alors je me suis tue. Je l'ai aidé à ouvrir ma robe, dégrafer mon soutien-gorge, faire glisser mon slip. Ah, elle était belle, la conquérante, prise à ses propres pièges, ses appâts : le porte-jarretelles et les bas qu'il plaisait au chasseur de lui laisser. Et comme il m'étendait sur le sol, le papier de fête s'est froissé sous mes reins.

Il est venu m'embrasser là, je me suis ouverte à sa caresse, j'ai soupiré, un peu, pas trop. Froide, les yeux grands ouverts, je regardais cette tête d'homme, d'étranger, à l'orée de mon ventre, je regardais sur la cheminée, la femme à la robe étoilée, et le désespoir m'emplissait.

Puis il est venu en moi. J'avais souhaité un dialogue, Matthieu a parlé : il a prononcé les mots crus que le plaisir pousse aux lèvres des hommes et qu'il n'avait jamais osé dire à Marie, les mots que méritait Line. Le peu de dignité qui me restait, je l'ai mis à n'y pas répondre, tandis que je laissais mon corps accomplir son travail.

Enfin il s'est endormi dans les derniers crépitements du feu, son fusil non loin de sa main ; je n'avais pas remarqué comme le bois en était beau ; il avait la couleur de certains miels de montagne que l'on déguste autant avec les yeux qu'avec le palais.

Je me suis dégagée des bras de mon mari, sans le réveiller, je suis allée prendre une douche et, cette fois, je n'ai pas pleuré.

Le lendemain matin, 25 décembre, trois mois exactement après le coup de téléphone qui avait changé le cours de ma vie, Matthieu est venu vers moi, les poignets tendus comme un prisonnier qui réclame ses chaînes, et il a prononcé les mots que je n'espérais plus entendre :

— Si tu m'attachais ces foutus boutons de manchette ? Décidément, voilà quelque chose que je n'arriverai jamais à faire sans toi !

Chapitre 19

Le premier étage de l'Auberge a été transformé en dortoir pour les moins de quatre ans, confiés ce soir de 31 décembre à ceux qui, ayant passé l'âge des cotillons, se contenteront, lorsque sonnera minuit, de s'embrasser tendrement sous le gui avant de se précipiter au lit.

Côté Patronne : petits-enfants de Charlotte et d'Hervé — mon frère — remonté de Provence pour l'occasion. Côté Joyeuse : héritiers, héritières et « demis » de ses deux filles et de son fils. Au total, une bonne douzaine de marmots.

Leurs géniteurs ont été autorisés à faire la grasse matinée à condition d'être de retour à l'Auberge demain à midi, dernier carat, pour les agapes du premier janvier.

La nurserie a abondamment crié, pleuré, réclamé des « doudous », de la lumière, des bisous, avant de laisser leurs ancêtres, brisés et ahuris, s'asseoir à la table du réveillon. Pour échapper au chiffre treize, on a mis le couvert de Sapristi. Chacun a trouvé sous sa serviette l'agenda traditionnellement offert par les sœurs : plein cuir, avec, sur la page de garde, des vœux personnalisés à ne déguster que minuit sonné

Au menu, gratinée, suivie de dorades aux herbes. Les fameux foies gras façon Joyeuse sont réservés au grand déjeuner de demain. Pour dessert, notre tante nous a fait tester les entremets aux framboises qu'elle a l'intention d'offrir au mariage de Laure. Un rêve, les tartelettes ! Mais mystère, mystère quant à la pièce montée...

— Ton mari n'est pas là ? s'est étonné mon frère.

— Il tient compagnie à son père.

C'est la première fois depuis notre rencontre que je ne partagerai pas avec Matthieu le baiser du premier janvier. Ayant accordé Noël à la famille, il commencera l'année avec « elle ». Son air gêné en m'annonçant qu'il ne pouvait, en une telle occasion, laisser son père tout seul, était révélateur : s'il est allé à Caen, il *l*'a emmenée avec lui !

Mon frère n'a pas insisté. Les anges auraient-ils fait passer la consigne ? Je sens autour de moi une affectueuse discrétion.

S'ils savaient...

Que mon soulagement est plus grand que ma peine. A jeter dans mon sac ma bonne vieille chemise de nuit, mes pantalons de gros velours, mes dessous de coton, j'ai éprouvé une véritable joie : deux jours sans faire semblant ! Ma seule élégance sera le chandail offert par ma fille, le foulard de soie d'Olivier autour de mon cou, et, redorées pour l'occasion, mes boucles neuves.

Minuit sonne : ronde de vœux et de baisers. En moi, un bonheur mêlé de timidité : les embrassades n'ont jamais été mon fort, quand bien même mon cœur en déborde.

— Tu es belle comme tout avec tes cheveux à la *Pour qui sonne le glas*, remarque mon frère.

Pour qui sonne le glas ? Non, il ne se doute de rien !

— Bonne année, Marie-Courage, glisse Charlotte à mon oreille.

Oui, toi, tu sais !

— Je ne te dis rien, me souhaite mystérieusement Joyeuse en mettant tout dans le regard.

Et maman d'y aller d'un « Hardi ma fille ! » à démolir les plus crâneuses.

Sur l'agenda, quatre mots entourés de fleurs de lys : « Besognons et Dieu besognera. » Signé : Jeanne d'Arc.

Il était deux heures, je ne parvenais pas à m'endormir, trop pleine de toute cette affection, cette tendresse, je me tournais et retournais dans mon lit lorsqu'il m'a semblé entendre du bruit au premier. J'ai passé un peignoir et suis partie en reconnaissance.

Tout dormait dans les dortoirs ; me penchant sur la rampe, j'ai vu que c'était allumé à la cuisine. Un sac à dos était posé près de la porte d'entrée.

Son anorak encore sur le dos, mon fils se faisait chauffer du café.

— J'avais peur de ne pas me réveiller à temps pour la fête de demain, m'a-t-il expliqué, alors j'ai préféré venir dormir sur place. Bonne année, maman !

Nous nous sommes embrassés avant de nous asseoir l'un en face de l'autre, lui devant son *kawa,* moi devant mon eau claire. J'ai demandé : « Et ce réveillon ? »

— Avec des amis, à Montmartre... Eux ont continué ; moi, ce genre de fête, j'en ai vite assez.

Il s'est levé pour aller explorer du côté de la « banquise » : congélateur et réfrigérateurs jumeaux. L'accès du premier, le « sucré », où sont conservés laitages, gâteries et boissons non alcoolisées, est autorisé à tous et à toute heure. Le second, le « salé », où se trouvent les nourritures plus solides, est interdit à tout autre que Joyeuse et la Patronne.

La tête d'Olivier a disparu dans le « sucré ».

— Finalement, papa n'est pas venu ? a interrogé une voix venue du froid.

— Finalement non, ai-je répondu, jugeant inutile d'ajouter que Matthieu était à Caen.

Mon fils a émergé avec un restant de charlotte aux framboises et est revenu prendre place en face de moi après s'être muni de plusieurs petites cuillères.

— Tu te souviens, quand on était petits, la « minute-vache » ? a-t-il demandé.

J'ai acquiescé. Laure avait inventé cette minute de vérité qui se déroulait juste après les vœux du premier janvier : chacun avait droit à poser à l'autre une « question-vache » à laquelle ce dernier se devait de répondre vite et franchement. Ceux qui s'y dérobaient étaient soupçonnés de dissimuler une âme noire.

— On y va ? a proposé Olivier.

— Si tu y tiens vraiment.

Le visage de mon fils a rosi comme il prenait son élan :

— Est-ce que tu es très malheureuse ? a-t-il demandé d'une voix enrouée.

Et il a plongé le museau dans sa chariotte.

— Je ne sais plus.

Ma réponse était venue d'instinct, comme le jeu l'exigeait. Il a relevé la tête. Il souriait.

— Tu n'espères quand même pas t'en tirer à si bon compte ? ai-je dit. Prêt ?

— Prêt, a-t-il soupiré.

Je l'ai regardé bien en face.

— Ne regrettes-tu pas parfois d'avoir lâché le droit pour le théâtre ?

Dans ces paroles, je m'étais efforcée de ne mettre que toute la tendresse que je portais à mon fils et le respect pour la réponse qu'il me ferait.

— Je ne sais plus, a-t-il dit.

Nous nous sommes mis à rire : c'était un moment important, et nous le savions tous les deux. La règle voulait que le jeu s'arrête là, mais la « question-vache » demeurait sujet de réflexion pour l'année.

— C'est bien ce qu'il me semblait ! s'est exclamée Joyeuse en faisant une somptueuse entrée dans des dentelles mauves assorties à ses bigoudis. Je ne suis pas encore tout à fait sourde...

Elle a évalué la situation d'un air gourmand :

— Je peux ?

— La petite cuillère a été prévue, a répondu Olivier en courant embrasser sa grand-tante. Je souhaite au monde une année aussi joyeuse que toi !

— Et moi, aussi affectueuse que mon petit-neveu, lui a-t-il été répondu.

Avant de venir s'asseoir, elle a rempli d'eau une tasse qu'elle a placée dans le four à micro-ondes ; le temps de sortir la verveine, l'eau fumait.

— Où sera la truffe, cette année ? s'est enquis Olivier. Dans le foie gras ou en papillottes ?

— Ton assiette te répondra tout à l'heure, a rétorqué Joyeuse, l'œil sévère.

— Et après le foie gras, quoi d'autre de fameux ? a insisté malicieusement mon fils.

Pour Joyeuse, le secret faisait partie du plaisir qu'elle éprouvait à nous régaler ; elle qui s'était effacée la moitié de sa vie, n'aimait rien tant que surprendre. Si j'avais osé lui infliger la « minute-vache », je lui aurais demandé : « A quoi pensais-tu quand tout le monde s'imaginait que tu ne pensais plus ? » Et je n'aurais pas été autrement surprise de l'entendre répondre en se léchant les babines : « A aujourd'hui. »

Elle s'est penchée vers Olivier :

— Et toi, quoi de neuf? a-t-elle grondé. Tu les reprends quand, ces études de droit ?

Mon fils ne s'est pas étonné : c'est le rôle accepté des anges que de poser clairement les questions brûlantes. Au fond, la « minute-vache », voilà leur passe-temps favori !

— Nous en parlions justement avec maman, a-t-il répondu. C'est comme pour la truffe : on verra ça plus tard !

La porte s'est ouverte à nouveau et Charlotte est apparue, une carafe vide à la main.

— Guillaume est desséché, c'est l'alcool ! En plus, le champagne le fait ronfler... Après les fêtes, c'est toujours ma fête.

Elle nous a regardé d'un œil noir :

— Depuis quand commence-t-on l'année sans prévenir les copains ? »

Allant d'un pas autoritaire vers l'une des fenêtres, elle en a écarté le rideau :

— Mon Dieu, s'est-elle exclamée : le cadeau !

Nous nous sommes précipités.

Les flocons dansaient, épais, serrés, une vraie neige, un vrai bal. Nos cris de joie ont attiré maman qui a demandé ce qu'on attendait pour réchauffer le restant de soupe à l'oignon. Le pauvre Guillaume a dû trouver son eau longue à venir : nous ne sommes remontés qu'aux premiers vagissements des bébés.

C'est bon, de temps en temps, de passer une folle nuit.

Chapitre 20

Il est deux heures de l'après-midi, nous achevons les poules « Quo Vadis-sauce mystère », lorsque la grille du jardin grince.

— Tiens, s'étonne maman. Il manque donc quelqu'un ?

Son regard fait le tour de la table : grands-parents, parents et rescapés du réveillon — apparemment, le troisième service est au complet.

Le premier a eu lieu à midi : biberons, purées et petits pots. Le second, destiné à ceux qui ont fait leurs dents, s'est déroulé vers une heure : hamburger-frites. C'est ce service-là que l'on entend hurler de joie dans le jardin couvert de duvet blanc ; on l'appellera au dessert pour tirer les rois, car Melchior, Gaspar et Balthazar nous font la faveur de passer à l'Auberge dès le premier janvier.

Une voiture entre dans la cour.

— Qui que tu sois, ô inconnu, de foies gras ne trouveras plus ! déclame Olivier.

La truffe était à l'intérieur et, comme chaque année, bien que soumise à la question, Joyeuse a refusé de révéler le nom de l'élixir où elle fait mariner ses foies, et qui leur donne leur incomparable saveur.

La porte d'entrée claque, celle de la salle à manger s'ouvre :

— A tous la meilleure des années ! crie Matthieu à la ronde.

La surprise me coupe le souffle : il était entendu que nous nous retrouverions ce soir à Neuilly ! Il me cherche des yeux, me découvre, me sourit. Après un bref silence, tout le monde parle à la fois, tandis qu'il fait le tour de la table pour serrer la main de chacun.

— Je croyais qu'on se sacrifiait à son paternel..., plaisante Laure, toute heureuse de voir débarquer le sien.

Elle s'est installée sans façon sur les genoux de Thibaut qui, passant aujourd'hui son examen d'entrée dans la famille, l'a brillamment réussi en lisant aux sœurs des passages de *L'Auberge de l'Ange gardien,* assaisonnés à sa façon.

— A Caen, la fête est terminée et c'est l'heure de la sieste, répond Matthieu en ébouriffant les cheveux de sa fille. Mon « paternel » m'a donné congé. Et il m'a chargé d'embrasser tout le monde pour lui.

— Vous auriez dû nous l'amener, intervient maman avec, me semble-t-il, un rien de perfidie.

Doute-t-elle qu'il soit allé là-bas ?

Arrivé près de moi, Matthieu appuie fort ses lèvres sur ma joue : « Bonne année, Linette. » On se pousse pour lui faire de la place. Je reprends machinalement ma fourchette ; je n'ose y croire...

Il m'a choisie ! Soudain, il a eu envie de me voir et il a changé de programme, c'est *elle* qu'il a laissée. Je devrais exploser de joie, triompher, j'ose à peine respirer : car c'est Marie que Matthieu retrouve ici, sans maquillage et sans atours, le visage marqué par une nuit blanche et une matinée consacrée à la marmaille.

— Tu as l'air fatiguée, remarque-t-il.

— Il n'y a pas qu'en Normandie qu'on fait la bombe, déclare Charlotte.

Bertrande s'approche avec sa chaise. Négligeant la consigne du médecin, elle a mélangé alcool et calmants et n'est pas très nette.

— Puis-je venir m'asseoir près du couple très rare ? demande-t-elle.

— Rare ? s'étonne Matthieu. Rare comment ? Comme une perle, j'espère !

— Rare parce qu'on ne le voit jamais.

— Il t'arrive tout de même de voir ma femme !

— Ta femme est très prise, on ne la voit plus qu'au téléphone, constate Bertrande. Cela doit bien faire six mois...

Matthieu me regarde, incrédule. A trois reprises, je lui ai raconté que j'allais tenir compagnie à Bertrande alors que je retrouvais Henri. Je ne sais que dire ; la chaleur qui enflamme mes joues me trahit, il me semble que tout le monde me regarde.

— Ma chérie, crie Joyeuse de sa place de présidente, au centre des tables en fer à cheval, n'est-ce pas le moment pour les galettes ?

— J'y vais...

Je file à la cuisine. A chacun a été dévolue une tâche précise : j'ai six galettes feuilletées à faire tiédir au four à micro-ondes. Je dispose les deux premières sur la grille. L'angoisse fait tourner ma tête : Matthieu va tout comprendre, les fausses sorties, la fausse beauté, le faux volcan ! Pourquoi est-il venu ici ? Line l'aurait attendu ce soir à Neuilly.

« Une minute pour chaque fournée », a précisé Joyeuse. Je programme et, quatre à quatre, monte dans la salle de bains : au moins me recoiffer, rosir un peu mes joues et mes lèvres « Tu as l'air fatiguée... » J'ai l'air d'être une femme de quarante-quatre ans que deux jours aux fourneaux et aux berceaux ont éreintée, j'ai l'air d'être moi et je n'en ai pas le droit.

Un concert de cris venant de la cuisine m'arrachent au miroir. Devant la porte ouverte du four, une douzaine de personnes contemplent, désolées, les galettes transformées en pierres.

— Tu as mis le bouton sur quoi ? demande Joyeuse. Sur l'année prochaine ?

Par bonheur, il en reste quatre, les parts seront plus petites, voilà tout. L'essentiel n'est-il pas que les rois passent ?

Pour ma pénitence, c'est sur mes yeux que l'on a noué le bandeau, et j'ai nommé chacun au fur et à mesure de la distribution. Il y a eu quatre rois et quatre reines ; on a triché pour favoriser les enfants.

Voyant la lumière dans les yeux de maman lorsque le petit Sébastien est venu, rougissant, poser la couronne sur sa tête, j'ai eu à la fois envie de rire et de pleurer : ainsi, jusqu'à son dernier souffle, et même par les mains d'un gamin, on avait besoin, pour bien vivre, de se sentir choisi.

Chapitre 21

Matthieu était jaloux !

J'avais craint que, perçant à jour mon manège, il ne m'aime plus ; il n'avait rien vu et semblait m'aimer davantage depuis qu'il soupçonnait un autre homme d'être entré dans ma vie.

Ma transformation physique, l'éveil de mon corps, savamment dosé afin qu'il le crût authentique et s'en attribue le mérite, voici qu'il craignait qu'un rival en fût la cause. Au mur dressé entre nous par l'indifférence, j'en avais substitué un autre : de mystification. Chaque soupir, chaque gémissement mensongers y ajoutaient leur pierre. Comment, après dix, vingt étreintes « passionnées », avouer ? C'était trop tard !

Matthieu aussi se taisait.

Tout comme, pour le garder, j'avais feint d'ignorer sa liaison, il faisait celui qui avait oublié les paroles de Bertrande. Peut-être aussi ne se sentait-il pas le droit de me réclamer la vérité alors que, depuis des semaines, il me mentait ?

Mais comme il jouait mal la comédie, mon pêcheur de crabe, mon don juan aux cheveux gris ! Chacun de ses regards le trahissait, de même que ses questions, lancées d'une voix qui se voulait légère et qui déraillait : « Tu seras là ce soir ? », « En quel honneur t'es-tu faite si belle ? »

Ses « oreilles bougeaient », ainsi que l'on disait chez nous aux enfants qui racontaient des histoires Finalement, j'étais bien meilleure actrice que lui.

Lors de ses précédentes aventures, je m'étais efforcée de préserver entre nous une certaine harmonie, d'où cette apparente complicité qu'Olivier n'avait pu supporter. Reconquérir... il y a de la guerre dans ce mot-là : nous étions aujourd'hui comme deux adversaires qui se guettent, s'esquivent, dont aucun n'ose porter le premier coup.

Un matin de janvier, alors que je donnais de l'eau à la mystérieuse plante offerte par Thibaut le jour où tout avait commencé, je vis que pointait entre les cailloux blancs une langue verte, drue, impertinente. Le cœur soudain éclairé d'un sourire intérieur, irrésistible comme la vérité, je m'agenouillai devant elle et la caressai du doigt. Mais je la croyais morte, moi, cette plante : desséchée, sans sève, sans avenir... Et voici qu'elle venait à la lumière, symbole de la puissance entêtée de la vie, porteuse de toutes les marées, toutes les aubes, tous les espoirs.

« Où en serai-je quand je connaîtrai sa couleur ? » m'étais-je demandée en octobre dernier. Elle pouvait être rouge, mauve, jaune, cette fleur ; Matthieu ne me quitterait plus, pas cette fois, du moins. Il ne vivait désormais qu'une aventure comme les autres, dont un jour il se lasserait. J'avais gagné !

Gagné ?

Où était la victoire de cette femme qui ne se faisait plus confiance pour plaire à son compagnon telle qu'elle était ? Qui, en sa présence, retenait son souffle, et, durant l'amour, s'obligeant à lui prodiguer certaines caresses dont elle ne tirait, elle, aucun plaisir, se sentait envahie par la honte et l'humiliation ?

Cependant, il y avait dans ma vie un endroit de repos, un îlot de paix où rien ne me menaçait, où il m'était permis d'être moi. C'était la petite salle de jeu à l'hôpital où j'aidais des enfants à se rencontrer eux-mêmes.

Pour moi, comme pour Tristan, cette salle était devenue l' « endroit du bonheur ».

Mi-janvier, monsieur Moréno m'appela :

— Il paraît que vous voulez me parler du garçon ? demanda-t-il d'une voix bourrue.

— Je serais en effet très heureuse de vous rencontrer, répondis-je.

Nous prîmes rendez-vous.

Chapitre 22

Il entre dans mon petit bureau, à l'hôpital, très droit, le menton haut, et je me dis que c'est un homme rude et courageux, exigeant avec lui-même autant qu'avec les autres. Il me rappelle un oncle militaire : le meilleur des hommes, mais dont on avait l'impression qu'il se tenait sans cesse au garde-à-vous, auquel on avait envie de crier : « Repos ! »

Après m'avoir dit bonjour d'une énergique poignée de main, il pose sa casquette sur le bord de la table et prend place en face de moi.

— Avec leurs foutus rayons, j'ai la gorge brûlée, constate-t-il en sortant une petite gourde de sa poche. Vous m'excuserez si je dois boire tout le temps.

Je lui demande :

— Où en êtes-vous ?

— Les médecins ont de l'espoir. En tout cas, c'est ce qu'ils racontent : le traitement touche à sa fin, c'est déjà ça !

Il se tait un instant :

— Mais je suppose que nous ne sommes pas là pour parler de moi ? ajoute-t-il avec défi.

Je lui souris :

— Monsieur Moréno, pour aider Tristan, j'ai besoin de savoir ce que vous pensez de lui et de ce qui lui arrive.

Je n'ai mis dans ma voix qu'un intérêt bien réel pour les renseignements qu'il pourra m'apporter et il reste déconcerté. Sans doute s'attendait-il à être jugé, voire agressé. Lorsqu'un enfant éprouve de la difficulté à vivre, ses parents se sentent généralement coupables, ne serait-ce que parce que cette vie où il se débat, ce sont eux qui la lui ont donnée. Ils se demandent ce qu'ils ont fait de mal ; c'est toujours une grande souffrance.

— Ce que je pense du garçon, moi ? répète-t-il. Ce que j'en pense ? Eh bien, il n'est pas mauvais, mais c'est une mauviette. Il a peur de son ombre. Ses sœurs sont mille fois plus dégourdies que lui.

— Un fils dégourdi et courageux, dis-je en souriant à nouveau, c'est là le souhait de tous les pères...

— Un vrai gars m'aurait suffi, tranche-t-il. Je n'en demandais pas plus.

Il porte sa gourde à sa bouche, retient l'eau un moment, puis l'avale avec une grimace. J'ai mal pour lui.

— Parfois, je me demande ce qu'il va devenir, reprend-il d'une voix sourde, tout en récupérant sa casquette.

Va-t-il s'en aller ? Cela pourrait arriver : soudain, la force manque pour explorer les raisons de son malheur, on a trop peur de trouver au fond son propre visage.

— Voulez-vous dire que vous craignez pour l'avenir de Tristan ? Mais ce n'est encore qu'un tout petit garçon, lui fais-je remarquer.

Il tourne sa casquette entre ses doigts, la fixant comme pour y puiser du courage.

— C'est à cause de mon frère, déclare-t-il soudain. Mon frère André.

Sans doute était-ce le plus difficile à dire car, une fois André nommé, les mots viennent avec moins de difficulté. Le frère de monsieur Moréno, de cinq ans son cadet, a « mal tourné », me raconte-t-il. Il est la honte de la famille et sa blessure à lui car, leur mère étant décédée à la naissance, c'est pratiquement lui qui l'a élevé. Il emploie pour le désigner des mots violents et laids, comme s'il cherchait à se punir d'un échec : « lopette », « tantouze »... André est homosexuel. Il se fait entretenir.

— Vous allez me dire que c'est absurde, mais depuis la naissance de Tristan, l'idée qu'il pourrait finir pareil, ça me tue !

— Tristan connaît-il son oncle ?

Monsieur Moréno acquiesce :

— On essaie d'éviter les rencontres, mais l' « autre » rapplique tout le temps pour nous dire qu'il nous aime. On n'a pas encore pu expliquer aux enfants, mais on les met en garde. Je me demande bien pourquoi je vous raconte tout ça.

Moi, je sais ! Monsieur Moréno se reproche l'homosexualité de son frère ; contre toute raison, il craint que Tristan ne suive la même voie. Et bien des choses s'éclairent dans mon esprit. Caprice, la poule mouillée... A tout prix, le père de Tristan veut faire de son fils un « vrai homme »

Ce que Monsieur Moréno ne peut savoir, c'est que l'enfant perçoit clairement sa hantise et que celle-ci l'empêche de s'identifier à lui, le pousse du côté du frère : « Si papa craint si fort que je ressemble à André, n'est-ce pas que nous sommes pareils ? »

— Monsieur Moréno, dis-je, il me semble que votre petit garçon est plein du désir de vous ressembler à vous, mais tant que vous le comparerez à André, il ne pourra y parvenir.

Il repose sa casquette et se penche vers moi ; son visage est crispé par l'effort qu'il fait pour comprendre.

— Voulez-vous dire que mon garçon a peur, lui aussi, de ressembler à André ?

— Vous est-il arrivé de les comparer ?

Il confirme :

— On ne retient pas toujours ses mots quand on est en colère. Et puis, le logement n'est pas grand : il peut entendre ce qu'on se raconte avec sa mère.

— Si vous parvenez à montrer à Tristan que vous lui faites confiance pour devenir un garçon dégourdi et courageux, cela l'aidera beaucoup.

A nouveau il boit. Puis il se tourne vers la fenêtre et son regard monte, part loin, haut. L'émotion m'emplit : il a la même expression que son fils lorsque celui-ci tente de déchiffrer ce qui se passe dans la complexité de ses sentiments. C'est un beau regard, élevé et profond, qui fait appel au ciel avant de redescendre en lui-même. Maman trouverait cela tout à fait naturel, moi je suis éblouie.

— Eh bien, on va essayer, dit-il simplement.

Je n'ai jamais su réprimer complètement mon émotivité ; j'ai beau me contrôler, il arrive qu'elle passe dans ma voix ou mon regard. Chacun travaille à sa façon et, plus que d'autres, je fais confiance à l'instinct qui parfois me pousse à dire certaines choses que mes collègues garderaient pour eux.

— Savez-vous une chose, monsieur Moréno ? Vous venez d'avoir tout à fait la même expression que votre fils, le même regard. Et je suis certaine que vous avez encore beaucoup d'autres choses en commun.

— Les cartes ! reconnaît-il et, brièvement, il essuie ses yeux.

— Les cartes ?

— Tout petit, le garçon les reconnaissait. Il mettait les rois avec les rois, les dames ensemble, et le reste itou. Quand je faisais une belote avec les copains, il était toujours dans mes pattes. Je lui ai appris à jouer à la bataille.

— Vous arrive-t-il encore d'y jouer avec lui ?

— Je n'en ai plus bien envie..., la force non plus, reconnaît-il.

Je me penche vers cet homme douloureux, qui souffre dans sa chair et dans son cœur, et à qui je vais demander un effort supplémentaire.

— Si vous recommenciez ? Si vous faisiez avec Tristan des choses que vous aimez tous les deux, des choses où il est bon ?

D'autres mots brûlent mes lèvres : « Si vous lui laissiez parfois la victoire... Si, pas trop vite, par petites touches, car les enfants ont beaucoup de finesse, vous vous mettiez à l'admirer, que vous l'appeliez " fils " avec fierté, que vous l'appeliez " vieux ", puisque les enfants adorent qu'on les appelle " vieux ", tout comme les vieux aiment à être traités de gamins ? »

Mais cela, je le tais. Monsieur Moréno ne donnera à Tristan l'élan qui lui permettra de s'envoler que s'il en découvre lui-même — et en lui-même — l'ardente nécessité. Moi aussi, je dois lui faire confiance : il y parviendra. Parce que ce n'est ni une brute ni un salaud, mais tout simplement un homme de bonne volonté, blessé dans son affection pour son frère, plein de doutes et de maladresse avec son fils.

Qui sait ? Ne craignant plus pour l'avenir de celui-ci, peut-être comprendra-t-il que si André a « mal tourné », il n'a pas à se le reprocher ? Et, faisant un pas supplémentaire, acceptera-t-il un jour la différence entre lui et cet « autre qui rapplique tout le temps pour leur dire qu'il les aime » ?

Il boit encore une fois, puis remet sa gourde dans sa poche et se lève. Je me sens pleine de compassion et de ressemblance : nous luttons, nous souffrons. Sacrée vie !

— Depuis quelque temps, dit-il soudain avec un sourire en coin, mon fils n'arrête pas de dessiner des poules, et encore des poules, même que souvent ça le fait rire, allez savoir pourquoi ! Vous allez peut-être me demander aussi de ne plus le traiter de « poule mouillée » ?

— Monsieur Moréno, vous avez tout compris !

Je n'ai pu retenir mon cri, quoique ce genre de compliment ne soit pas recommandé dans la profession. Car, lorsqu'on a tout compris, il ne reste plus qu'à recommencer à s'interroger.

Chapitre 23

C'est après dîner, nous sommes devant la télévision quand le téléphone sonne. Matthieu décroche.

— Henri ! s'exclame-t-il. Comment ça va ? A toi aussi, une très bonne année !

Les images défilent sur l'écran, je ne les regarde plus. Henri ! Nous ne nous sommes pas revus depuis l'équipée à Versailles ; je conserve de cette journée le souvenir d'un moment rare, douloureux aussi.

Matthieu écoute un moment son ami, puis il soupire :

— Hélas non, c'est impossible pour moi. Le Big Boss vient à Paris justement cette semaine-là.

A nouveau, c'est Henri qui parle ; j'entends très vaguement sa voix, mais je ne comprends pas les paroles.

— Line ? s'étonne Matthieu. Après tout, pourquoi pas ? Ne quitte pas, je lui demande.

Il se tourne vers moi :

— Henri loue un chalet à Megève avec des amis, la première semaine de février, dans dix jours. Deux d'entre eux viennent de se décommander, il nous propose la place. Pour moi, c'est impossible. As-tu envie d'y aller ?

Comme un grand vent me traverse :

— Bien sûr ! Dis-lui que je viens.

Matthieu me fixe, interloqué : il était certain que je refuserais. Je n'ai jamais pris de vacances sans lui, à moins d'y être obligée par les enfants : « Marie-vieux-jeu »... Je n'en éprouvais pas l'envie.

Il me tend l'appareil :

— Arrangez-vous tous les deux, dit-il d'une voix contrainte.

— J'ai tout entendu, dit Henri avec un rire. Tu as crié. Je suis heureux que tu puisses venir. Pas de problème pour les Tristan ?

— Pas de problème, ce sont les petites vacances.

Je ris, je me sens légère :

— Mais ne te réjouis pas trop vite : je n'ai pas fait de ski depuis cinq ans. Le vrai boulet !

— Puisque ce sont les « petites vacances », on mettra le boulet au cours avec les gamins, plaisante Henri.

Nous serons, paraît-il, une douzaine dans le grand chalet. Il fera beau : bleu, blanc, doré, c'est promis ! Je suis priée de dire à Matthieu que si son Big Boss a la bonne idée de se décommander, on l'espérera jusqu'au dernier moment. « Fais quand même un peu de gymnastique », recommande-t-il avant de raccrocher.

Je reviens vers mon mari. L'ampleur de ma joie m'étonne ; c'est comme une fenêtre que l'on aurait ouverte en grand dans ma vie, l'air passe, il m'étourdit. J'ignorais que j'étouffais à ce point.

Matthieu m'observe, la mine perplexe :

— Le ski, ça te manquait donc tellement ?

— Pas seulement le ski, tout ce qu'il y a autour... Aux sports d'hiver, chaque moment est bon ! Et c'est la seule occasion que l'on ait de se casser la figure en riant.

A nouveau je ris, me souvenant d'anciennes chutes, prévoyant les futures. Je ne suis plus ni Line, ni Marie, mais l'enfant émerveillée de glisser sur la neige et que grise l'air des cimes. Nulle part comme à la montagne ou sur la mer, on ne se sent si près du ciel, de la liberté. Il faudra que j'achète une tenue... Il faudra que je la fasse sérieusement cette gymnastique !

— Mais qu'est-ce qui t'arrive ? demande Matthieu d'un ton agacé — celui de Laure lorsqu'on m'avait prise pour sa sœur.

— Pardonne-moi, mais je suis vraiment folle de joie à l'idée de retrouver la neige. Es-tu sûr de ne pas pouvoir venir ?

— Sûr et certain, soupire-t-il. Quel dommage !

Il y a quelques semaines encore, j'aurais pensé que Matthieu voulait rester avec *elle.* Ce soir, je suis certaine qu'il préférerait partir avec moi ; son histoire de Big Boss est vraie.

— Je trouve curieux qu'Henri ait pensé à nous, remarque-t-il soudain. Il ne nous avait jamais proposé de venir avant. Et il paraît que c'est un as à ski.

— Il a dû être pris de court : début février, c'est demain... Et nous ne serons pas obligés de skier ensemble.

Je me tourne à nouveau vers l'écran de télévision où le film continue de se dérouler, son baissé. J'ai besoin de réfléchir : lorsque la place s'est libérée, à Megève, je ne doute pas que c'est d'abord à moi qu'Henri a pensé. Souhaitait-il que Matthieu vienne aussi ?

Je préfère qu'il ne vienne pas.

Matthieu se lève, éteint le poste. Il va chercher ses

cigarettes, en allume une, arpente un moment le salon avant de s'arrêter en face de moi.

« Un homme au pied marin », l'avait un jour défini Henri. Mon marin perd pied et je remarque soudain les poches plus creusées sous ses yeux, les rides plus nettes au coin des lèvres. Lui n'essaie pas de me donner le change, il ne craint pas de se montrer à sa femme tel qu'il est : un homme dans la cinquantaine, qui regarde filer les années avec, dans sa tête, des rêves de tempête et, dans son corps, le besoin de repos.

Un homme que quitte la fièvre d'amour et qui craint de tout perdre ?

— Line, as-tu rencontré quelqu'un ? demande-t-il avec effort.

Cette souffrance, en moi, c'est le tissu de vingt-quatre années de vie commune, dont le mot « confiance » faisait la trame, qui se déchire. Mon mari peut imaginer que je me sois donnée à un autre : quel gâchis, quel dommage ! Pourquoi as-tu songé à me quitter, mon amour ? Pourquoi t'ai-je joué cette comédie à laquelle tu t'es si bien laissé prendre et dont me voici moi-même prisonnière ?

Je viens contre lui :

— Je n'ai jamais rencontré que toi, Matthieu.

Chapitre 24

Laure a voulu choisir elle-même ma tenue de ski. A l'entendre, j'en étais restée aux fuseaux et aux longues lanières. Dans ma combinaison antidérapante de toutes les couleurs, j'avais l'air d'un clown, mais c'était très bien, c'était la mode, et, au moins, si j'allais me répandre dans la nature, on me repérerait avant que les petites fleurs ne repoussent.

— Tu ne ferais pas un régime, toi ? s'est étonnée ma fille.

J'avais en effet perdu trois kilos, sans régime, les événements s'étaient chargés de la cure.

— Et maintenant, écoute-moi bien, a-t-elle menacé. Si tu portes un plâtre le jour de mon mariage, je ne te le pardonnerai jamais.

Dans la foulée, nous sommes allées choisir la robe de la mariée. Assise sur une chaise dorée, je regardais ma fille — dans le caleçon semé de cœurs emprunté à Thibaut pour l'occasion — passer de robe en robe. Aucune ne lui plaisait ! Ma « petite bombe », toute flamme éteinte, se lamentait devant le miroir : « Un boudin blanc... une tarte à la crème... un soufflé norvégien... »

Timidement, j'essayais de glisser mon avis.

— Et dans celle-là ? Moi, je te trouve parfaite.

— Toi, évidemment ! Tu me regardes avec les yeux d'une mère. Celle-là, c'est un linceul. Figure-toi que ce n'est pas à mon enterrement que je vais.

Elle a quand même fini par fixer son choix.

La robe s'appelait « Gigi » et portait bien son nom. Le visage de Laure émergeait du jabot de dentelle comme une fleur des champs. Je la regardais tandis qu'on prenait ses mesures, petite fille encore, et je me disais que l'amour aussi a sa vie. Comme toute autre chose, il a sa naissance, son adolescence, son âge mûr.

Laure vivait l'amour adolescent. Au mieux, la maturité la transformerait en attachement et en complicité ; pour beaucoup, avec la vieillesse, il devenait habitude ou indifférence.

Où en était l'amour entre Matthieu et moi ? L'orage l'avait détourné de son cours, le rendait à la fois plus brûlant et plus fragile. « Je n'ai jamais rencontré que toi, Matthieu. » Tout s'était terminé par des caresses.

Et mes feints soupirs.

Laure a enfilé de nouveau « Gigi » pour y assortir la coiffure. A la voir si jeune, si pure, face aux obligatoires tempêtes, mon cœur fondait.

— M'man, si tu me regardais un peu au lieu de rêver à tes sports d'hiver ? Est-ce que ça va ? Et pas d'indulgence, s'il te plaît ! Je ne suis plus ta fille, mais celle de ta pire ennemie.

— J'explose de jalousie, j'écume de rage : tu es trop belle !

— Et voilà, a-t-elle soupiré. C'est comme ça, les mères, il faut toujours qu'elles en rajoutent.

Lorsque Laure était enfant, c'était à la boulangerie, à la banque ou dans le métro, de préférence aux heures de pointe, qu'elle me posait les questions délicates ou me demandait l'explication des mots *hard*. Jamais, bien sûr, quand nous nous trouvions seules.

C'est alors que toute la boutique était rassemblée autour d'elle — la directrice du magasin étant venue donner son avis — que la future mariée s'est tournée vers moi :

— Tu me diras que c'est la même chose pour tout le monde, a-t-elle maugréé, quand on approche du but, on se paie des petites paniques... Est-ce que ça t'a fait ça, à toi, m'man, juste avant le grand saut, de regarder papa et de te dire : « Mais qu'est-ce qu'il me veut, ce mec-là ? »

IV

Je me perds

Chapitre 25

Le matin, je me lève la première. A pas de loup, je vais dans le living et m'installe devant la baie ; il fait encore nuit. Je regarde sourdre le bleu, se dessiner les montagnes et, sous la caresse du soleil, fleurir les jardins suspendus du ciel.

La beauté, cela peut être aussi une douleur.

A partir de huit heures, ils émergent ! Georges et Louise, Solange et Eric, Martine-le-pitre, Maud, Jean-Bernard, Nicolas le doyen, Henri, mon ami. Leurs visages portent les marques de l'oreiller, ils s'étirent avec de larges bâillements satisfaits et viennent, par-dessus mon épaule, se demander s'il fera beau, si la neige sera bonne. Comme de vieux combattants exhibent leurs trophées, ils comparent les « bleus » dus aux chutes ou aux coups de carres. Ces V.I.P., ces P.-D.G., ces femmes d'affaires : des enfants !

La machine à café hoquète, le grille-pain est en marche, l'orgie de tartines, miel et confitures peut commencer. Je ne sais pourquoi on m'a préposée aux oranges pressées ; j'ai annoncé ce matin que si cela continuait, je me ferais payer.

Nous skions de onze à quatre heures, avec pause

sur les pistes pour déguster une assiettée de frites, une platée de pâtes ou simplement la traditionnelle tarte aux myrtilles qui bleuit les dents.

En quarante-huit heures, j'ai retrouvé mon niveau à ski : « moyen-bon », juge Henri qui, lui, est « compétition ». Ce qui ne l'empêche pas de descendre chaque jour une piste en ma compagnie. Avant, j'étais du genre fonceuse; aujourd'hui, j'aime à prendre mon temps, m'arrêter tous les trois tournants pour m'interroger sur les empreintes d'un mystérieux animal disparaissant à l'orée d'un bois, écouter tomber d'une branche de sapin un gros paquet de neige, m'irriter les narines à l'air de la montagne.

La nuit n'est pas loin lorsqu'un bataillon d'ours rentre au chalet, envoie valdinguer chaussures, gants et bonnets, s'ébroue avec des grognements de plaisir avant de s'abattre sur les canapés pour raconter ses malheurs ou ses exploits devant un thé brûlant.

Une seule baignoire pour dix, alors on prend son tour! Ah, ce moment où vous mettez le pied dans l'eau mousseuse, où l'onglée, la crampe, les petites frayeurs et les grands frissons ne sont plus que de bons souvenirs! La tête sur une serviette pliée, les yeux clos, le corps fourbu et heureux, je me chauffe le cœur aux bruits d'une maison pleine.

« Tu te réjouis trop des choses à l'avance, me répétait maman lorsque j'étais enfant, c'est comme ça qu'on est déçu. »

Ma seule déception : le temps passe trop vite! Toute une semaine, cela me paraissait le Pérou, ce sont sept petits sapins de Noël, dont quatre sont déjà barrés.

Jeudi : plus que trois jours!

Il est quatre heures en haut du massif de Rochebrune, près du châlet-restaurant que caresse un soleil couleur de fruit mûr.

— Filez devant, ordonne Henri à ses amis. Je garde Marie. Je l'ai à peine vue, vous me la prenez tout le temps.

Avec les plaisanteries d'usage, le groupe s'élance sur la pente. Nous pénétrons dans le chalet : feu de bois, rideaux à petits carreaux, cœurs aux volets, rien ne manque à l'image du livre d'enfant qui ne se referme jamais tout à fait dans la tête de l'adulte.

Nous choisissons une table près de la cheminée.

— Thé et tartines ? demande Henri.

— Chocolat et tartines.

Le goûter fait partie lui aussi du livre d'images, et le thé y est réservé aux grandes personnes. Mon ami me regarde, l'air heureux.

— Alors, ce n'était pas une bonne idée, Megève ?

— Trop bonne ! dis-je avec un soupir de béatitude.

— Enlevez-moi ce « *trop* », ordonne-t-il d'un ton sévère, je vous promets que vous ne serez pas punie pour excès de plaisir.

Nous rions. Il allume sa pipe. On voit mieux, dans son visage hâlé, que le vert de ses yeux se mêle de bleu ; est-ce cette couleur qu'on appelle pers ? Je le trouve très beau. Je m'entends demander :

— Tous tes amis sont venus en couples, tu n'as pas eu envie d'amener quelqu'un avec toi ?

— Mais j'ai amené quelqu'un avec moi, constate-t-il gaiement. Te compterais-tu pour personne ? Et si ton esprit mal tourné pensait à autre chose, sache qu'à la montagne, je trouve les chambres trop exiguës pour les partager : c'est mon côté vieux garçon.

Je demande :

— Tu n'as jamais pensé à te marier ?

— Serait-ce un interrogatoire ? dit-il. L'air de la montagne ?

— Absolument. Puisque cela fait vingt ans que je m'interroge sans oser te poser la question.

Il tire une bouffée de sa pipe et me sourit.

— Selon celle qui me la pose, j'ai tout un échantillonnage de réponses. A toi, je dirai la vérité : j'aurais fait un mari détestable. Ce sont les sédentaires qui rendent les femmes heureuses ; moi, je suis nomade jusqu'au fond de la tripaille.

J'attendais un rire, il ne vient pas. Henri s'est tourné vers la cheminée. On peut tout lire dans des flammes, mais c'est le passé qu'elles éclairent le mieux.

— Le seul regret que j'ai parfois est de n'avoir pas élevé un enfant, constate-t-il. Quand je vous voyais, Matthieu et toi, avec vos sales mioches, il m'arrivait de vous envier.

Je demande :

— Matthieu... nomade ou sédentaire ?

— Sédentaire, bien sûr, répond-il sans hésiter. Enraciné jusqu'à la moelle.

— Eh bien, tu vois, dis-je, les sédentaires ne font pas toujours de bons maris. Qui sait si, au fond, ils n'envient pas les nomades ?

Henri me regarde un moment en silence, puis il saisit ma main.

— J'ai beaucoup d'estime et d'affection pour Matthieu, dit-il. Je te trouve une femme merveilleuse, et tous deux êtes mes amis ; alors, permets-moi de ne pas juger : l'amitié ne rend pas de sentence.

Et le voilà, son rire. Parce que j'ai de la confiture sur les doigts et qu'ils collent aux siens. Ce rire qui remet les choses en place, la tête sur les épaules et les cœurs aux volets de bois d'un chalet de montagne où un homme et une femme parlent d'amour et d'amitié.

— Ça philosophe et ça mange encore avec ses doigts ! plaisante Henri. Et ça se fait des moustaches de confiture...

Penché vers moi, avec le coin de sa serviette, il essuie ma joue. Ma grand-mère faisait ça, elle aussi, après avoir humecté son mouchoir de salive ; cela me dégoûtait un peu, j'attendais qu'elle ne regarde plus pour m'essuyer.

— Messieurs-dames, le dernier téléphérique est descendu, les pistes vont être fermées, nous crie le patron du comptoir. A moins que vous n'ayez l'intention de dormir ici...

Nous nous levons.

— Si je comprends bien, on a failli nous oublier, remarque Henri, enchanté.

Dehors, le ciel est tendu de rose, le fruit du soleil est tombé. Le petit groupe de pisteurs en combinaisons orange nous attend. Cela aurait été bien qu'on nous oublie ! Nous aurions dîné près du feu ; ensuite nous aurions pris des chambres. Il paraît que, la nuit, lorsque le vent souffle, on se sent ici comme sur une île assaillie par les grandes marées.

Henri se courbe pour fermer le crochet du haut de mes chaussures, trop dur pour mes faibles forces. Il en profite pour vérifier la fermeture de mes skis. Laure n'avait pas tort lorsqu'elle disait que j'en étais restée aux longues lanières : tous ces subtils réglages me dépassent.

Et j'aime aussi qu'Henri prenne soin de moi.

Je regarde sa nuque et un vertige me traverse : j'ai envie d'y poser mes lèvres. J'ai envie qu'il me prenne dans ses bras et me caresse, et me parle, et se moque de moi en m'aimant. C'est un désir intense et douloureux.

Il se redresse, enfile ses gants et me sourit.

— En route, petit mousse. Et dans les traces, s'il vous plaît !

Chapitre 26

Samedi, après avoir rendu l'équipement je suis allée faire quelques emplettes : du miel et de la saucisse sèche pour les enfants, de la liqueur de gentiane pour Matthieu et pour Joyeuse. J'ai fait halte chez le coiffeur : ce soir, dernier soir, Nicolas nous invitait tous à déguster une raclette.

Vers neuf heures, trois traîneaux sont venus nous chercher. On a enveloppé nos jambes de fourrures, et fouette cocher ! La route montait, une route sans autre issue que le pied de la montagne où se trouvait le restaurant. Autrefois, on avait skié là, mais le vent y soufflait si fort que le froid était intolérable ; on racontait qu'un homme avait été retrouvé mort, gelé sur le remonte-pente.

De loin, nous avons vu, contre les hautes chaînes neigeuses qui semblaient fermer le ciel, cette infime bulle de lumière d'où s'échappait de la musique, et tout le génie de l'homme, toute sa vulnérabilité étaient dits.

Une grande table nous attendait, près de laquelle le fromage empalé commençait à fondre. Pommes de terre, copa, viande des Grisons, oignons et cornichons s'alignaient à profusion devant nous, ainsi que, dans des jattes, un mélange de crème et d'herbes; on se demandait par quoi commencer. Nicolas a choisi un vin de Crépy, doré, au parfum d'aubépine.

A dix ans, avec des cousins, j'avais goûté à ma première raclette lors de vacances à la montagne. Après le repas, ces cousins, plus âgés que moi, avaient organisé une chasse au *dahu*. Cet animal ne pouvant ni reculer ni faire demi-tour à cause de la conformation de ses pattes, il suffisait, pour l'arrêter, m'avait-on expliqué, de se mettre en travers de son chemin et crier le plus fort qu'on pouvait.

Armée d'un bâton de ski, prête à appeler à l'aide, j'avais longtemps attendu dans la nuit glacée. De toutes mes forces, je voulais que le *dahu* apparaisse et, lorsque, avec de grands éclats de rire, mes cousins, venus me chercher, m'avaient révélé que celui-ci n'existait pas, je les avais détestés.

A cette joyeuse tablée, riant et plaisantant avec mes amis, je me sentais tendue comme cette nuit-là, par une impossible attente. J'ai abusé du vin de Crépy, je me suis montrée coquette, je me suis montrée Line.

Pour conquérir Henri.

Il était une heure du matin lorsque nous avons regagné le chalet en chantant plus fort que de raison. Un balcon court le long des chambres dont chacune a sa porte-fenêtre. Alors que j'ouvrais la mienne pour fermer mes volets, j'ai vu Henri accoudé à la balustrade. Il portait toujours sa canadienne et fumait sa pipe en regardant la nuit.

J'ai passé un anorak sur mon pyjama et je l'ai rejoint.

— Je t'attendais, a-t-il dit.

Mon cœur s'emballait. Il s'est tourné vers moi : « Es-tu sûre d'être assez couverte ? » J'ai fait « oui ». Je me suis approchée de lui et j'ai posé ma tête sur son épaule. Il m'a entourée de son bras.

— Et après ? a-t-il demandé à voix basse.

— Après ?

— Si nous nous aimons, que se passera-t-il après ? Comment nous regarderons-nous demain ?

Je n'ai pas répondu ; que m'importait demain ? Seul comptait le désir que j'avais de lui et cette voix qui me répétait : « Et si ? » Et si, avec Henri... N'était-ce pas en aimant la Belle au bois dormant que le prince l'avait réveillée, ainsi que le monde autour d'elle ?

— Si tu crois que je n'ai pas envie de toi, moi aussi, a-t-il dit d'une voix bourrue. Mais écoute...

Il m'a parlé de la petite jeune fille que Matthieu lui avait présentée bien des années auparavant et qui l'avait séduit par son naïf amour de la vie, de la jeune mère de famille, courageuse et épanouie, de la femme en perdition, une nuit, sur les Champs-Elysées, et il m'a dit que toutes l'avaient ému, et que, toutes, il les avait désirées.

Bien entendu, il a ri : « Mais ne compte pas sur moi pour succomber à la tentation. »

A cause de ce « salaud de Matthieu », pour moi, et, très égoïstement, pour lui... Bref, dans notre intérêt à tous, il ne me prendrait pas dans ses bras.

— Comment t'expliquer, Marie ? Je préfère que tu restes dans ma tête de nomade, dans mon cœur de saltimbanque, la cité interdite, la femme avec qui le miracle se serait peut-être produit, qui m'aurait offert la durée. Marie, la chose la plus exaltante au monde, c'est l'attirance entre un homme et une femme. Mais c'est aussi la plus douloureuse, car cette attirance passe, quoi que l'on prétende. Quoi que prétendent ceux qui ont choisi de continuer ensemble pour toutes sortes de très estimables raisons, au fil des jours le cœur bat moins fort, l'attente fait moins souffrir. On n'a plus, au fond du ventre, ces grands creux en prononçant un nom, etc. La seule façon de conserver un peu plus longtemps ce qu'on appelle l'amour, c'est de ne pas faire l'amour.

C'était aussi pour cette raison qu'Henri ne s'était pas marié : par lâcheté. Dès que son cœur battait moins fort, il prenait la fuite.

Je regardais la montagne et me disais ce que l'on se dit ordinairement pour se rassurer : que les joies et les peines partagées, la tendresse, les enfants, la complicité, etc., c'était de l'amour aussi. Mais je savais qu'Henri avait raison et, comme lui, j'aurais voulu rencontrer quelqu'un que j'aurais aimé toujours comme au premier jour, qui ne se serait jamais lassé de moi.

De la neige est tombée d'un sapin : un grand frisson m'a parcourue.

— Tu vois, tu as froid, a constaté Henri.

— Ce n'est pas ça... Je crois que je viens de voir passer le *dahu !*

— Dire qu'il y a des fous pour prétendre qu'il n'existe pas ! a-t-il dit en resserrant l'étreinte de son bras.

J'ai pris ce bras, je l'ai retiré de mes épaules, je me suis haussée sur la pointe des pieds, car Henri est très grand, plus que Matthieu, et j'ai posé mes lèvres sur sa joue. Elle « piquait » déjà ; cela m'a remplie de tendresse. Puis je suis allée me coucher.

Une simple cloison habillée de papier fleuri séparait un homme et une femme qui se désiraient mais ne se prendraient pas. Sans doute était-ce cette douleur qui faisait tout le prix de ce moment et l'inscrirait, pour longtemps, plus longtemps j'espère que ne s'y inscrivaient les amours réalisées dans la chair de la mémoire.

C'est ainsi que Megève s'est terminé pour moi, et, lorsque j'y repense, il me semble que c'est cette nuit-là que Line a rendu son tablier

Chapitre 27

Il est dix-huit heures cinquante-sept lorsque le train entre en gare. D'un commun accord, adieux et promesses de se revoir ont été échangés avant de descendre. Nicolas s'est risqué à de dernières plaisanteries qui n'ont fait rire personne : le cœur n'y était plus.

Henri porte ma valise et nous marchons en silence vers la sortie. Sur les autres quais, une foule grise se hâte ; cet homme qui vient à notre rencontre en agitant les bras, c'est mon mari.

— Quelle mine ! s'exclame-t-il. Une insulte aux travailleurs !

— Ça t'apprendra à avoir un patron, plaisante Henri.

— Salaud !

Nous nous séparons vite. Henri refuse que Matthieu le raccompagne et Matthieu n'insiste pas.

A la maison, la table est mise au salon : une belle nappe, des bougies.

— J'ai pensé que tu préférerais dîner ici, dit Matthieu. Le restaurant, tu as dû y aller tout le temps, là-bas. J'espère que tu as faim, au moins. Avez-vous déjeuné dans le train ?

— C'était trop tard. Si cela ne t'ennuie pas, je passerais bien sous l'eau avant de me mettre à table.

L'eau tiède de la douche coule sur mes épaules. « Là-bas », nous partagions les bains et celui que l'on remplaçait était prié d'ajouter beaucoup de mousse. « Là-bas », j'avais faim tout le temps.

Je n'ai pas faim ; j'ai le cœur serré.

— C'est prêt, tu viens ?

Je passe dans la chambre : comment m'habiller ? Si je m'écoutais, je garderais tout simplement mon peignoir. Mais la table de fête, le dîner aux chandelles, le dîner d'amoureux exigent que je me fasse belle.

Corsage, jupe, cardigan : tout vous va lorsque vous avez bonne mine. Je me trouve jolie. « Là-bas », malgré mes quarante-quatre ans, j'étais la plus jeune et Nicolas m'avait surnommée Benjamine.

Matthieu a allumé les bougies et, dans chaque assiette, il y a une tranche de saumon fumé, du « vrai », que l'on reconnaît à sa couleur tendre.

— Mais tu as fait des folies !

— Le retour de la femme prodigue, ça se célèbre ! plaisante-t-il et ses yeux me disent que je lui ai manqué.

Nous prenons place. Citron, toasts, et, dans le seau à glace, une bouteille de vin blanc, il a pensé à tout, lui qui est si peu « homme de maison ». Le remords m'emplit : je devrais mieux manifester ma joie. Il me semble que ma voix sonne faux, comme lors du « dîner-catastrophe » où j'avais en face de moi un homme qui n'était pas là.

C'est moi qui, ce soir, ne parviens pas à me poser et Matthieu fait tous les efforts de conversation.

— Tu ne dis rien... Raconte comment c'était.

C'était rire, être légère ! Regardant se lever le soleil sur tant de blanche majesté, c'était voir la vie autrement, mesurer plus justement ses tempêtes.

Je m'oblige à rire :

— Toi qui me traites de mère-poule, figure-toi que lorsque je skiais, il m'arrivait d'oublier complètement que ma fille allait se marier.

— Alors, « mère-indigne »... Et les autres, comment étaient-ils ? Sympas ?

— Enthousiastes, gourmands, casse-cou, vantards... des enfants !

— Entreprenants ?

Une petite inquiétude dans sa voix.

— Paternels.

Nous avons terminé le saumon et je m'apprête à me lever lorsqu'il m'arrête.

— Laisse : ce soir, c'est moi !

Il rassemble les assiettes et disparaît dans la cuisine. Je regarde ce salon, ces meubles, ces objets : on dirait qu'un fil s'est rompu entre eux et moi, le courant ne passe plus. Pourquoi Matthieu m'empêche-t-il de m'activer ? Les gestes du quotidien, un tablier, remettraient peut-être la maîtresse de maison sur ses rails. Je n'éprouverais pas ce malaise.

Le revoilà, tout fier, avec une tourte aux fruits de mer, le plat des invités, celui du dîner où Laure et Thibaut nous avaient annoncé leurs fiançailles ; mon mari a réfléchi à ce qui pourrait me plaire, et il est allé chercher le plat des fêtes à la charcuterie. Je l'imagine, marchant dans la rue, le petit paquet rose au doigt, et le remords me submerge.

— Figure-toi que j'ai fait une liste, me confie-t-il.

Sinon, tu me connais, j'aurais forcément oublié le plus important !

C'est aux fraises que j'ai pleuré : des fraises d'Israël, rouges et charnues à souhait. Certains trouvent magique de manger des fraises en hiver, moi pas. Je n'aime pas les fruits hors saison. La magie de la fraise est d'être le petit messager des beaux jours ; la prune dit le bourdonnement de l'abeille qui parfois s'en grise au point d'y perdre son dard ; les cerises parlent des oiseaux, et tous sont en accord avec le ciel.

Le ciel de février n'allait pas avec ces fraises, ni mon cœur, et je ne pouvais arrêter mes larmes.

Matthieu s'est levé et il est venu me prendre dans ses bras :

— Mais qu'est-ce qui t'arrive, Line, ma chérie, que se passe-t-il ?

— Juste un coup de fatigue, ai-je hoqueté. Nous n'avons presque pas dormi la nuit dernière. J'ai aussi un peu mal à la tête... Et toi qui m'avais préparé une si belle fête ! Je gâche tout.

Seuls ces derniers mots exprimaient la vérité : je gâchais tout.

Mon mari a été merveilleux ; il a fait fondre dans l'eau les cachets contre la migraine, il m'a ordonné d'aller me coucher sur-le-champ. Il desservirait, les fraises seraient encore bonnes demain. Et plus il se montrait affectueux, plus mes larmes coulaient.

Lorsque, un peu plus tard, il m'a rejointe au lit, il a simplement posé ses lèvres sur mon front avant de m'offrir son épaule : « Dors bien, ma chérie, tu verras : demain ça ira mieux. »

Je savais qu'il avait envie de moi. En d'autres temps, j'avais fait tout ce qu'il fallait pour raviver son désir, mais ce soir, les gestes qu'il attendait étaient au-dessus de mes forces.

Et je pensais aux fraises, aux fruits de saison et aux saisons de l'amour. Et deux mots me lancinaient : « Trop tard ! »

Chapitre 28

C'est un petit garçon joyeux, vivace, qui me tire par la main jusqu'à la salle de jeu. Voilà six mois que nous nous voyons une fois par semaine ; jamais encore il n'avait montré un tel entrain. Je remarque aussi qu'il a pris du poids.

Avec un sourire, il tend le doigt vers mon visage :

— Tu pèles, constate-t-il. Tu as trop pris le soleil.

— En effet, dis-je. Je suis allée faire du ski et il a fait très beau. Et toi, tu es parti pour les vacances, je crois ?

— Moi, c'était chez mon grand-père, près de la mer. Il a plu presque tout le temps, mais on a bien rigolé quand même.

— Et qu'avez-vous fait de si amusant ?

— On a joué à cache-cache dans le grenier, à se construire une cabane, aux sept familles et à la bataille.

De mon sac, je sors les jeux de cartes que j'y ai mis ce matin :

— Justement, j'ai pensé que tu aimerais peut-être faire une partie. Ton papa m'a dit que tu étais très calé. Tu sais qu'il est venu me voir ?

Le sourire de Tristan disparaît.

— Je sais, répond-il à contrecœur. Est-ce qu'il est venu dans cet endroit-là ?

— Pas dans cette pièce, dis-je. Cette pièce est réservée aux enfants ; je reçois les parents dans mon bureau.

Un sourire de soulagement éclaire son visage. Fin janvier, Tristan était grippé, aussi ne nous sommes-nous pas revus depuis la visite de monsieur Moréno. L'idée que j'aie pu recevoir son père dans cette pièce, réservée à nos séances de jeu, devait lui apparaître comme une sorte de trahison.

A nouveau plein d'entrain, il grimpe sur la chaise en face de la mienne, s'empare des cartes et les mêle.

— C'est moi le plus fort, annonce-t-il fièrement. J'ai même battu papa !

— Ah bon, tu as gagné ton papa à la bataille ? dis-je. Est-il donc venu en vacances avec vous ?

— Il a conduit la voiture ; on s'est arrêté au restauroute et j'ai mangé des frites à la moutarde.

Avec application, il distribue les cartes, puis il les contemple un moment en silence. Une tête de cheval les décore. Je n'ai pas choisi ce jeu-là par hasard ; le petit cheval à roulette ne sort plus jamais du carton à jouets.

Tristan pousse vers moi l'un des paquets et nous commençons la partie. Très vite, il tire un as et pousse un cri de joie :

— L'as est la meilleure carte, triomphe-t-il en prenant mon valet. D'ailleurs, quand quelqu'un est un champion, on dit : « C'est un as. »

Il lève le nez et me regarde avec malice :

— C'est même une *expression*, comme la « poule mouillée » !

— Je vois que tu as bonne mémoire.

Il acquiesce :

— Et même une mémoire d'as...

Nous reprenons la partie et j'observe la façon dont Tristan range ses plis. On peut en apprendre long sur les autres en les regardant jouer aux cartes. Certaines personnes, réputées pour leur calme, ne se maîtrisent plus lorsqu'elles perdent ; d'autres, ordinairement honnêtes, trichent volontiers. Tristan aime à avoir un paquet bien fait devant lui . « au carré ». Il s'applique à ce qu'aucune carte ne dépasse.

Nous avons achevé le premier tour. Pour l'instant, c'est lui qui gagne et il en semble tout content.

— C'est un cheval, déclare-t-il avec assurance en frappant de petits coups sur le dos des cartes. Peut-être même un cheval de course, comme Caprice.

— Caprice était donc un cheval de course ? Je l'ignorais, dis-je, étonnée.

— Il faisait des courses à Deauville avant d'être vieux et de venir en pension chez Papy, m'explique l'enfant.

Je désigne le carton à jouets :

— Avec ses roulettes en guise de sabots, le cheval qui est là-dedans aurait plutôt du mal à galoper ! fais-je remarquer.

Un moment, il réfléchit, puis il vient coller son nez sur l'image représentée sur les cartes :

— Tu n'est pas une fillette, gronde-t-il. C'est les fillettes qui pleurent comme ça. Vas-tu te décider à monter, oui ou non ?

Il pousse un gros soupir et nous recommençons à jouer. C'est à mon tour de faire des plis ; le visage de mon petit vis-à-vis se crispe. Je remporte une bataille d'as. Soudain, il jette son jeu sur la table.

— Je n'aime pas ces cartes-là, crie-t-il. C'est des méchantes cartes.

— Crois-tu que des cartes puissent être

méchantes, Tristan ? C'est peut-être parce qu'il y a un cheval dessiné dessus que tu ne les aimes pas qu'en penses-tu ?

Il me fixe avec rancune : je trouble sa sécurité. Cette pièce, par ma faute, ne lui apparaît plus comme un endroit sûr et il m'en veut. Ses yeux se remplissent de larmes ; du dos de la main, il expédie les cartes à terre, puis glisse de sa chaise et s'éloigne de moi.

— Il est méchant, le cheval. Il est méchant et je le déteste, crie-t-il. Et tant pis s'il est mort !

Mon cœur bat. Quelque chose d'important se passe aujourd'hui. Il me semble qu'une faille s'est creusée dans la défense, faite de silence, de repli sur soi, de Tristan. Monsieur Moréno en est très probablement l'artisan ; il m'a entendue l'autre jour et, durant ces vacances, sans doute s'est-il efforcé de faire quelques pas vers son fils, ne serait-ce qu'en ne le comparant plus, en lui-même, à son frère André, l'homosexuel.

Ces relations nouvelles avec son père doivent être, pour Tristan, source de grande angoisse : le mur qu'il avait élevé autour de lui pour se protéger se craquelle, il sent qu'il pourrait y avoir une issue, mais redoute de n'être pas assez fort pour s'y engouffrer.

Avec toute ma tendresse, je regarde ce petit garçon aux abois, recroquevillé contre le mur, le visage caché, comme lors de notre première rencontre. Il serait si tentant de le prendre dans mes bras, de le serrer contre moi, le rassurer. Mais je ne pourrais l'y garder toujours et, perdant ma chaleur, il aurait moins de force pour se battre.

Et je ne puis davantage prononcer à sa place les mots clés. C'est lui le guide, il est le seul à pouvoir explorer ses sentiments, aller au fond de sa peur, la tirer au grand jour afin de pouvoir s'y attaquer.

La belle phrase d'un cantique me revient en mémoire : « Ô mes enfants de lumière qui vivez dans la nuit. » Je ne peux que faire comprendre à Tristan que cette lumière existe et qu'il est capable de la trouver.

Je me lève à mon tour pour venir m'asseoir à distance respectueuse de lui · oui, c'est bien du respect que j'éprouve.

— Tu te rappelles les expressions ? dis-je. Tout à l'heure, tu en as trouvé une tout seul : « C'est un as. » Moi, au ski, je n'étais pas un as du tout, je tombais même sans arrêt, et parfois j'avais très peur. Veux-tu que nous nous amusions à trouver d'autres expressions ? Je suis certaine que tu en connais.

Pas un geste en réponse. Tristan retient sa respiration. Il fait le mort de crainte de souffrir plus encore, mais je sais qu'il m'entend. Où vais-je avec mes expressions ? Je l'ignore. Il faut parfois laisser l'instinct vous guider.

— Quand ma fille avait ton âge — ma fille s'appelle Laure —, elle adorait les frites, elle aussi. Elle en mettait toujours une montagne dans son assiette, carrément la moitié du plat ! Alors, nous l'avertissions : « Attention, Laure, tu as les yeux plus gros que le ventre !... » Nous voulions dire qu'elle ne pourrait jamais tout manger, ou que si elle mangeait tout, elle serait malade. Connaissais-tu cette expression-là ?

Les bras s'écartent légèrement et un morceau de visage apparaît : des yeux gonflés par les larmes, un nez qui coule. Je poursuis comme si de rien n'était :

— Des yeux plus gros que le ventre, ça doit être bien encombrant, tu ne crois pas ? Si ce n'était pas une expression, il faudrait une sacrée paire de lunettes !

J'espérais un sourire, il ne vient pas, mais tout le visage est maintenant découvert.

— On dit aussi, quand quelqu'un s'évanouit : « Il est tombé dans les pommes. » Pourtant, il y a rarement des pommes là où cette personne est tombée... Et quand quelqu'un vous ennuie, on lui dit : « Tu me mets en boule »... Ou bien : « Tu me casses les pieds. »

— Les couilles..., rectifie une grosse voix éraillée. « Tu me casses les couilles. » Papa, il le dit tout le temps. Et il dit aussi que les trouillards n'en ont pas.

Cette fois, il me regarde en face, partagé entre la fierté d'avoir trouvé l'expression juste et sa détresse. Un mélange de rire et d'émotion emplit ma poitrine.

— Alors, comme ça, ton papa utilise cette expre sion ! Il te dit : « Tu me casses les couilles. »

— Et à la douche, moi je vois bien qu'il les a encore, même si je les lui ai cassées, remarque Tristan d'une voix étranglée. Et quand il dit que je n'en ai ai pas, je les ai toujours.

Ses yeux débordent à nouveau. Sans se lever, il avance sur son postérieur jusqu'au carton à jouets et commence à en sortir des objets qu'il jette au loin avec violence au fur et à mesure qu'ils viennent sous sa main, évitant de les regarder.

— Tu vas monter sur ce cheval, oui ou non ? hurle-t-il. Regarde tes sœurs, mauviette, elles en ont plus que toi, elles !

— Si je comprends bien, dis-je, tes sœurs n'ont pas peur de monter sur Caprice, mais toi tu n'en as aucune envie. Et ton papa voudrait bien t'y obliger, c'est cela ?

— Je ne monterai pas sur Caprice ! hurle-t-il

comme s'il ne m'avait pas entendue, tout en continuant à vider le carton avec désespoir. Plus jamais je ne monterai sur ce cheval ! Je le déteste, il est méchant.

De toutes ses forces, il expédie contre le mur le cheval à roulettes qui s'y écrase dans un bruit de ferraille. Les sanglots secouent sa poitrine.

— Il est mort, hoquète-t-il. Et ça m'est égal à moi, que je lui casse les couilles, et ça m'est égal que je suis une fillette, et ça m'est égal que je le tue.

Il l'a dit ! Il a dit son poison, sa terreur, ce « *tu me tues* » planté dans son cœur par un père maladroit que ronge un cancer.

Mon cœur bat de fierté et d'émotion ; ce tout petit bout d'homme vient de remporter une grande victoire : il a osé prononcer le mot-tonnerre. Et la foudre ne lui est pas tombée sur la tête ; et je continue à lui sourire.

— Cela t'est égal, bien sûr, je le comprends, puisque les expressions n'ont jamais fait de mal à personne. Même à une mouche...

Très lentement, il tourne son visage bouleversé vers le cheval à roulettes.

— Même à un cheval ? chuchote-t-il.

— Même à un cheval ! Une expression, ça n'a jamais tué personne.

Un long moment, il demeure silencieux, ruminant ce mot que j'ai dit moi aussi, sans colère, comme un mot pareil aux autres. Puis il redresse la tête et me rend mon sourire. Je lui tends un mouchoir en papier. Il le prend et essuie ses yeux, il se mouche, passe la main dans ses cheveux pour les remettre en ordre. Ses gestes sont simples et dignes. A présent, il se lève, il vient contre moi et noue ses bras autour de mon cou. Ma gorge est plombée : « C'est toi le chef, c'est toi Tarzan, je peux en témoigner ! » Longtemps, je le serre contre ma poitrine.

— Maintenant, il faut ranger, décide-t-il en se dégageant. C'est tes cartes à toi, pas celles du carton, et il faudra que tu les remportes dans ta maison.

— Est-ce qu'un jour tu voudras bien faire une autre partie avec moi ?

— Je ne sais pas, répond-il avec sagesse. Mais mon papy, il dit qu'on ne peut pas gagner à tous les coups.

Accroupis sur le sol, nous ramassons les cartes et jamais je n'ai accompli avec autant d'allégresse un geste aussi banal. Oui, la brèche de lumière est ouverte. La prochaine fois que je rencontrerai Tristan, ou la suivante, peu importe, il prononcera à nouveau le mot, et ce sera déjà moins difficile. Au fur et à mesure qu'il progressera dans la conscience que ce n'est pas parce qu'il a pu, un instant, souhaiter la mort de son père, que celui-ci est atteint d'un cancer, la peur cédera à la confiance, l'espoir prendra le pas sur l'angoisse. Tristan Moréno n'est encore qu'au début du chemin, mais l'élan est donné pour qu'il soit un jour l'être libre, digne et responsable de ses sentiments qu'il mérite de devenir.

Il tient à remettre lui-même les cartes dans leur étui. Son visage est à nouveau calme. Je sens encore la chaleur de sa poitrine contre la mienne et ses lèvres humides sur ma joue. Donne-moi un peu de ton courage, mon chéri, guide-moi sur le chemin de ma propre dignité !

Moi qui, pour employer une expression d'aujourd'hui, « zone à côté de mes pompes » !

Chapitre 29

Je l'ai trouvée sur mon palier en rentrant de l'Auberge. Elle était assise sur une marche et s'est levée lorsque l'ascenseur s'est arrêté.

Nous avions eu, avec Laure et les anges, grande « réunion mariage » où tout avait été passé en revue, depuis les chants à l'église jusqu'à la sono prévue pour le bal qui clôturerait la fête, en passant par la mairie, les fleurs, le menu, les tenues de chacun et chacune, l'organisation des tables sous la tente.

Joyeuse s'était brouillée avec le traiteur, celui-ci ayant exclu de faire griller six cents tartines de pain de campagne pour accompagner les hors-d'œuvre islandais. Elle était aussi en froid avec maman à qui elle refusait obstinément de montrer sa tenue de noces, serrée dans une armoire fermée à double tour. En réclamant, pour l'église, de la musique rock, Laure avait un instant réconcilié tout le monde sur son dos.

Il était six heures et j'étais épuisée, je me réjouissais de prendre un long bain avant le retour de Matthieu ; l'ascenseur s'est arrêté, la jeune femme assise sur une marche s'est levée.

— Je vous attendais, a-t-elle dit sans me tendre la main. Il fallait que je vous voie.

J'ai ouvert la porte de l'appartement et lui ai désigné le salon : « Entrez, j'en ai pour deux minutes. » Je ne ressentais rien de particulier, à peine un peu d'étonnement. Je suis d'abord passée à la cuisine pour y poser le pot de cornichons à l'ancienne et la bouteille de sirop de mûres que Joyeuse m'avait obligée à emporter « afin de faire de la place ». Puis, après être allée jeter ma gabardine sur mon lit, je l'ai rejointe.

Elle regardait les photos de famille sui la cheminée. Je les renouvelle souvent, presque tous les mois — sinon, on les oublie dans les albums A la place d'honneur se trouvait un agrandissement de Laure et de Thibaut, pris récemment à Chenonceaux. Thibaut faisait mine de précipiter Laure dans les douves, Laure se débattait. Mise en scène et cliché étaient d'Olivier.

— Ce sont vos enfants ? a-t-elle demandé.

— C'est ma fille et son fiancé ; ils se marient dans cinq semaines.

Elle a eu un petit rire brisé :

— Et même le 7 avril... Si vous croyez que ie l'ignore !

Laure saurait-elle jamais toutes les craintes, tous les espoirs que la date de son mariage avait suscités ?

Priscille s'est tournée vers moi — voilà que je pouvais lui donner son prénom sans souffrir, alors qu'il y a quelques jours encore, celui-ci me labourait le cœur ! Elle portait un blouson de fourrure sur ses jeans, et de hauts talons. Ses cheveux blonds étaient séparés en quantité de petites tresses et je n'ai pu m'empêcher de penser que se coiffer ainsi devait prendre beaucoup de temps. Elle m'a semblé encore plus belle qu'à Saint-Raphaël.

— J'aime Matthieu, a-t-elle dit.

Une autre l'aurait sans doute flanquée à la porte, mais je ne ressentais toujours ni douleur ni colère, aussi ai-je simplement incliné la tête pour indiquer que j'étais au courant.

— Que lui avez-vous fait ? a-t-elle poursuivi avec rancune. Ce n'est plus le même, je ne le reconnais pas.

Je n'ai pas pu répondre. Son regard m'a parcourue des pieds à la tête. Nous avions, à l'Auberge, longuement arpenté le jardin pour décider de l'emplacement de la tente, et mes chaussures, le bas de mon pantalon étaient dans un état lamentable ; mes cheveux, n'en parlons pas !

Elle regardait tout cela de son air incrédule et moi non plus, je ne comprenais pas comment Matthieu pouvait m'avoir préférée, car Priscille était non seulement la jeunesse, la beauté, mais elle était aussi l'authenticité. Et cela seul m'insultait · son absolue sincérité.

Elle est tombée sur le canapé et, comme une petite fille, a porté ses ongles à sa bouche, pour bien vite se reprendre. J'avais oublié ce détail : Priscille, apparemment si sûre d'elle, fière de son métier et amoureuse de la vie, luttait pour ne pas ronger ses ongles.

— Je suis très malheureuse, a-t-elle constaté d'une voix sourde.

— Je l'ai été aussi.

— Mais vous avez gagné.

Elle s'est relevée. Etait-elle venue simplement pour me dire que j'avais gagné ? Constater sa défaite ? Un soir de novembre, je n'avais pu m'empêcher d'aller, moi aussi, jusque chez elle. Je n'étais pas montée. Je m'étais contentée de lever les yeux vers mon malheur. La peur de souffrir plus encore vous pousse parfois à anéantir, avec un noir plaisir, le peu d'espoir qui reste.

Priscille m'a précédée dans l'entrée ; à présent elle fuyait et j'en comprenais la raison : ici, c'était la maison de Matthieu, et une maison où l'on a été heureux, où ont grandi des enfants, c'est comme un arbre dans le cœur, avec tant de racines et radicelles que, même si l'arbre est penché, si on le croit prêt à tomber, la sève y circule encore. Je faisais partie de cet arbre.

Je lui ai dit :

— Si vous voulez, je ne lui parlerai pas de votre visite.

Elle m'a regardée avec stupéfaction.

— Mais pourquoi ? Je le lui dirai, moi. Je lui dis tout !

Chapitre 30

Les faire-part doivent être tous partis demain, dernier délai, et, avec Laure, nous terminons les enveloppes lorsque le téléphone sonne. Il est trois heures.

— Line ? demande Matthieu. Que se passe-t-il ce soir, rien de prévu, tu es bien là ?

— Rien de prévu... Pourquoi ?

Il hésite quelques secondes :

— Il faudra que nous parlions.

Et il raccroche.

Je reste un moment immobile près de l'appareil. « Ce soir, il faudra que nous parlions, Marie-Line. » En octobre dernier, c'étaient les mêmes mots, prononcés par une même voix crispée : Matthieu va me parler de Priscille.

— Que voulait le grand chef ? interroge Laure comme je reprends place à ses côtés.

— Savoir si j'étais là ce soir.

— Mais j'espère bien ! réplique ma fille.

Le stylo en suspens, elle me regarde d'un air interrogatif. Je reprends mon travail d'écriture.

— Les cadeaux, demande-t-elle. A ton avis, à partir de quand vont-ils arriver ?

Il est sept heures et le gros tas d'enveloppes est prêt sur le guéridon de l'entrée; j'irai le poster demain matin.

Mon amazone s'est envolée dans un grand bruit de moteur. Installée sur le canapé du salon, je médite les textes qu'elle m'a laissés — certains, de son cru — et qui seront lus lors de la messe de mariage. Amour, Lumière, Confiance... Merci, mon Dieu, que Vous existiez ou non, de nous donner l'occasion de prononcer sans respect humain des mots si démodés. Et avec majuscules, s'il vous plaît !

La clé tourne dans la serrure : Matthieu, déjà ? Il rentre rarement avant huit heures : le meilleur temps de travail, assure-t-il, commence après le départ des secrétaires, une fois le téléphone sur répondeur.

— Tu es là ?

— Au salon.

Il y vient directement, sans retirer son manteau, sans poser sa serviette. Il s'arrête en face de moi, essoufflé comme s'il était monté à pied pour arriver plus vite. Ses traits sont creusés.

— Priscille m'a appris qu'elle était venue te voir.

— Elle est venue hier, en effet.

— Et tu ne m'as rien dit ?

— Je n'ai pas pensé que c'était utile.

Déconcerté par mon calme, il tente de lire sur mon visage. Je suis certaine qu'il préférerait des reproches, des larmes.

— Qu'est-ce qu'elle t'a dit ?

— Qu'elle t'aimait et qu'elle était malheureuse.

— A toi ! gémit-il. Elle est venue te dire ça à toi, à ma femme... Elle a osé !

— Elle est très jeune et n'a pas su se contrôler, dis-je. Tu devrais retirer ton manteau, Matthieu.

Il obéit, jette son manteau sur un fauteuil et va ouvrir le bar.

— Je te sers quelque chose ?

— Non, merci. J'ai préparé les glaçons dans le seau.

Il en laisse tomber plusieurs dans son scotch, boit une ou deux gorgées, puis vient s'asseoir près de moi. Il pose son verre et me prend les poignets.

— J'ai été fou, Line, mais c'est fini, j'ai rompu à midi. Je ne la reverrai plus.

Sa voix se casse ; il souffre. Je ne ressens qu'un grand vide.

— Tu savais donc ? constate-t-il. Tu avais deviné ?

— Je me doutais. Tu n'as jamais été très bon comédien, tu sais.

— Mais pourquoi ne m'as-tu rien dit ? demande-t-il à nouveau avec désespoir.

— J'avais peur, si je parlais, que tu t'en ailles.

C'est un début de vérité, je dois poursuivre.

— Alors j'ai préféré me taire et j'ai fait des efforts... J'ai essayé de devenir plus coquette, de te plaire, de te... séduire.

Avec une plainte, il m'attire contre lui.

— Ma pauvre chérie... Ainsi, tu craignais que je m'en aille ? Et moi qui ne voyais rien, quel imbécile !

L'angoisse afflue d'un coup : et si je m'étais trompée !

— Matthieu, je dois savoir la vérité ! As-tu songé à me quitter pour Priscille ?

... Quand tu lui as promis au téléphone : « *Ce soir, je lui parlerai, mon cœur* », qu'avais-tu l'intention de me dire ? Aurais-tu rompu si je t'avais laissé t'exprimer ?

Il se tourne vers la fenêtre. Sans doute lui aussi regarde-t-il un matin de l'automne dernier. Il venait de rentrer d'un voyage avec elle, je ne savais rien encore, j'étais heureuse. Le balayeur vêtu de vert et d'orange poussait les feuilles mortes dans la rue ; j'ai toujours aimé ce bruit, bien qu'il annonce l'hiver, car l'hiver est la saison de la maison.

— A un moment, dit Matthieu avec difficulté, au tout début de cette... liaison, j'ai été tenté de te mettre au courant, de t'avouer que j'éprouvais un gros coup de cœur. J'avais besoin d'air, je t'aurais demandé d'accepter de me voir moins à la maison.

Il a un rire douloureux :

— Mais te quitter ? Si tu crois qu'on se quitte comme ça après vingt-quatre ans !

Le courant m'emporte, j'étouffe, je me débats. Tout ce que j'ai fait, c'était donc pour rien ? Mon mari ne pensait pas à me quitter, son coup de cœur — ou de corps — serait passé comme les autres ; nous serions là ce soir, tout excités par le proche mariage de notre fille, parlant de choses banales...

Un sanglot m'échappe. Matthieu me serre contre lui, soulagé de me voir enfin réagir « normalement ». Il ne se doute pas que je pleure sur ma faute, non sur la sienne.

— Et puis Laure nous a annoncé son mariage, reprend-il d'une voix plus assurée. J'ai eu peur de tout gâcher : elle avait l'air si heureuse, et toi, tu étais dans tous tes états...

Il s'interrompt.

— Après, j'ai compris que l'important, c'était nous deux, dit-il avec la voix enrouée de l'émotion et de la pudeur. Voilà, tu sais tout maintenant. Voudras-tu bien me pardonner ?

Je regarde mon homme désarmé, vaincu, qui me demande pardon pour la première fois de sa vie et, de la tête, je fais « oui ». Bien sûr, je te pardonne ; c'est à moi que je ne pardonnerai jamais. Il cherche mes lèvres. Pour me rassurer, me manifester son amour, il veut me faire l'amour, c'est normal, je lui ai montré combien j'appréciais ses caresses. Et ce n'est pas par mes paroles, ma tendresse ou ma fidélité, mais par mon corps, mon ventre savamment enduit de crème et de gel, mes seins dont il m'arrivait de rosir les bouts, grâce au plaisir que je lui donnais et qu'il croyait partagé, que Matthieu a compris que « l'important, c'était nous deux ».

— Je t'aime, dit-il.

Et moi je ne sais plus ce que c'est que l'amour. Mais je viens de m'avouer que je n'aimais plus mon mari.

Chapitre 31

Une amie d'enfance, amie de « cœur » — car c'est bien le cœur que l'on partage lorsqu'on n'a encore rien d'autre à donner ou à protéger —, m'avait un jour fort impressionnée par une confidence sur sa vie privée.

Durant des années, elle avait passionnément aimé un mari volage qui l'avait fait beaucoup souffrir. Il lui était même arrivé de souhaiter disparaître, car vivre avec lui était l'enfer, et vivre sans lui, elle ne pouvait l'imaginer.

Un matin, alors qu'elle poussait les volets de sa chambre et, distraitement, regardait le ciel, Armelle s'était sentie anormalement légère : « anormalement », car, la veille encore, attendant vainement le retour de son mari, il lui semblait avoir un cœur de plomb.

Se demandant ce qui lui arrivait, elle était demeurée là un moment, à sa fenêtre, attendant le retour de sa compagne, la douleur. Mais rien ne venait, l'air était doux, de la rue montaient des odeurs qui lui semblaient nouvelles, et elle avait envie d'aller se promener. C'est alors qu'Armelle avait compris qu'elle n'aimait plus Ludovic : il avait perdu le pouvoir de la faire souffrir, et qu'il fût avec une autre lui était désormais indifférent.

« C'était comme une guérison, m'avait-elle raconté. J'avais éprouvé une impression semblable après une jaunisse carabinée qui m'avait, durant quelques mois, ôté toute envie de vivre. »

Elle avait eu faim et s'était préparé un festin ; cette conclusion m'avait fort réjouie. Elle aussi !

J'étais partie pour Megève comme on se libère, et pas une fois, là-bas, Matthieu ne m'avait manqué. J'avais désiré Henri. Je pouvais à présent prononcer sans souffrir le nom de Priscille.

L'amour était mort ; était-ce moi qui l'avais tué ?

L'avais-je tué en jouant la comédie à mon mari, me méprisant de le faire, le méprisant de s'y laisser prendre ? Avais-je tué l'amour en singeant l'amour ?

Et si... ?

Les « si » me harcelaient. Si j'avais laissé Matthieu me parler ce soir d'octobre au lieu de l'en empêcher ? Si je m'étais effacée comme les autres fois, attendant qu'il me revienne ? Si j'étais restée moi-même, Marie, attentive et tendre, ne serions-nous pas réunis aujourd'hui ? Ne l'aimerais-je pas toujours ?

Ou croirais-je l'aimer ?

A son balcon, découvrant que le lien était brisé, Armelle s'était sentie légère. Je me sentais lourde de culpabilité : j'avais amené Matthieu à rompre avec Priscille pour un mirage.

Sans courage pour continuer à jouer le rôle qui me l'avait ramené, trop lâche pour lui dire la vérité et encourir sa douleur, son mépris sans doute, ni Line ni Marie, je ne savais plus qui j'étais.

Je m'étais perdue.

— Maman, propose Olivier au téléphone, ce serait bien qu'on aille choisir ensemble ma jaquette. J'ai peur de me tromper. Après, on pourrait se faire une petite bouffe; il y a un très bon Italien à côté de la boutique.

Les hommes des deux familles porteront la jaquette au mariage de Laure. Bien sûr, nous louons! Il faut s'y prendre à l'avance pour être assuré de trouver sa taille.

Me voici donc, admirant dans son habit de fête ce jeune homme long, fin, distingué, qui est mon fils. Haut-de-forme, gants... J'ai envie de prendre le vendeur à témoin : n'est-ce pas qu'il est magnifique?

— Tu vas tomber toutes les filles.

Il rit :

— Une seule me suffira si c'est la bonne!

Les papiers remplis, les arrhes versées, nous nous retrouvons dans la rue et Olivier m'entraîne d'autorité vers son « Italien ». Tout à coup, une idée me vient. Je l'arrête.

— Rends-moi un service! Moi aussi, j'ai un essayage, c'est tout près; j'ai besoin d'un avis masculin. Viens.

— Si tu crois que je peux t'aider...

Par bonheur, il n'est pas le seul homme présent dans la petite maison de couture, à Saint-Sulpice, où j'ai commandé le tailleur fleuri à courte basque que je porterai le 7 avril. A Olivier d'être assis, à moi de faire le mannequin. La couleur — pêche — lui plaît; nous nous sommes entendues avec Ghislaine pour ne pas jurer : elle portera du parme.

Mon « conseil » prend son rôle très au sérieux :

— Tu ne trouves pas le décolleté un peu profond?

On voit tout... Et ici, ça godaille. Mais si, je t'assure, ça godaille...

L'essayeuse s'amuse beaucoup.

Et voici qu'Olivier s'enquiert des chaussures, du sac, du chapeau. J'hésitais entre la capeline et une simple torsade de fleurs. Ce sera la capeline.

Puisque mon fils l'a décidé !

Etrange, ce qu'on appelle l'inspiration, ou le hasard ! Je n'avais pas prévu d'emmener Olivier à cet essayage. Et c'est parce que l'idée m'en est venue, grâce à la confiance que je lui ai témoignée — symbolisée par la capeline qui prend sur la chaise à côté de moi, la place d'un convive —, qu'un peu plus tard, chez l'Italien, il lève soudain le nez de sa pizza calabraise et me demande, de la même voix essoufflée que le premier janvier à l'Auberge, lors de la « minute-vache » :

— Et avec papa, vous en êtes où ?

Et je réponds d'instinct, comme ce soir-là :

— Je me demande si nous ne devrions pas nous séparer quelque temps.

Ces mots non plus, je ne les avais pas prévus, ni le plomb qui obstrue ma gorge après les avoir prononcés : je viens d'avouer une défaite.

Olivier pose sa main sur la mienne.

— Tu sais, je m'y attendais un peu.

Il n'a pas l'air trop frappé ; certainement moins que ce soir de novembre où, d'une voix d'enfant, il m'avait supplié : « Maman, ce serait tellement bien que tu laisses repousser tes cheveux, je ne te reconnais plus. »

— Messieurs-dames, s'il vous plaît...

Toque sur la tête, le chef désigne d'un doigt inquiet nos pizzas à peine entamées.

— Elles ne vous plaisent pas ? Trop de piment, peut-être ?

— Jamais assez, dit Olivier. Et elles vont beaucoup nous plaire, c'est sûr. Mais, avant de les déguster, on a un petit contentieux à liquider.

— Et, tout compte fait, dis-je, on goûterait bien à votre San Pellegrino.

Nous avions refusé le vin par sagesse ; par raison, je change d'avis. Il y a des moments où il est raisonnable d'être déraisonnable. Perplexe sur notre état mental, le bonhomme s'éloigne.

— A propos de contentieux, dis-je à mon juriste, je me suis parfois demandée si ce n'était pas à cause de... la situation, que tu avais quitté la maison ?

— J'aurais fini par dire à mon père ce que je pensais de lui, répond Olivier. Et comme ma mère faisait semblant de ne rien voir...

— Tu sais, ce n'est pas toujours facile pour un homme, la fidélité.

— Alors on ne se marie pas, tranche Olivier avec toute l'intransigeance de son âge.

— Et comme certaines femmes complètement démodées refusent d'avoir des enfants hors mariage, elles se privent d'un délicieux garçon qui porte à merveille la jaquette et choisit leurs capelines.

— Et le délicieux choisisseur de capelines n'ayant pas vu le jour, il est privé d'une succulente pizza calabraise, renchérit mon vis-à-vis en empoignant fourchette et couteau.

Nous rions. Un peu de cette légèreté dont parlait Armelle passe.

— Te séparer, cela veut dire quoi exactement ? demande Olivier, reprenant son rôle de guide inauguré avec le tailleur à basque et la capeline.

— Je ne sais pas encore très bien. Cela veut dire

que j'irai vivre quelque temps ailleurs, pour réfléchir, essayer d'y voir clair. Je suis un peu perdue, en ce moment...

Mes yeux me brûlent à nouveau. Mais qu'est-ce que je raconte ? Vivre ailleurs ? Partir ? Je doute, j'ai peur.

— Si, dans cet « ailleurs » il y avait un petit coin pour moi, ce serait chouette, dit très vite Olivier. Au cas, bien entendu, où je reprendrais ces sacrées études qui tiennent tellement au cœur des parents. En gardant un peu de travail dans la pub, j'aurais de quoi te payer un loyer.

Une bouffée de gratitude m'emplit. Je retiens de justesse le « oui » qui se forme sur mes lèvres.

— Ecoute, Olivier... Je n'ai encore parlé de rien à ton père. Je ne pense pas qu'il soit prêt, lui, à admettre cette séparation. Le choc va être rude. Si tu décidais de rentrer, rentre à la maison, cela l'aidera.

— Aider papa, moi, tu crois vraiment ? demande-t-il avec doute.

— Oh là là !

Il mange un moment en silence.

— Je suppose que ma petite sœur n'est pas au courant, elle non plus.

— Tu es le seul à l'être, pour l'instant.

— Après la noce ?

— Après la noce ! Je ne vais pas tout gâcher, quand même !

Il approuve. J'ignore quelle sera sa décision, mais je sais qu'il a pour Matthieu un grand amour et une profonde admiration ; c'est pourquoi il le voudrait parfait et n'a pu supporter qu'il me soit infidèle. Je souhaite qu'Olivier rentre à la maison.

Sa pizza terminée, il dévore le tour de la mienne que j'avais laissé sur le bord de l'assiette.

— Je ne sais pas si ça te fait ça, mais les choses sérieuses, ça m'a toujours donné des p'tits creux, remarque-t-il.

— C'est de famille !

Alors que nous prenions le café, il m'a fait sortir ma capeline du papier de soie et il a exigé que je la coiffe, pour voir une dernière fois s'il avait bien fait de me la conseiller ; la torsade de fleurs était elle aussi bien jolie.

J'ai passé l'examen avec mention et applaudissements du patron.

Ensuite, il est resté un long moment silencieux. Avec tous mes soucis, je l'avais un peu perdu de vue, mon fils, et il m'a semblé qu'il avait changé. Vieilli ? Cela aurait été beaucoup dire, mais...

— Quand même..., a-t-il dit d'une voix d'homme. Pauvre papa, quelle leçon !

V

La reconquête

Chapitre 32

La tente, en gros drap blanc, avec parquet et chauffage à air pulsé, a été montée sur la pelouse dès mercredi. Quarante tables ovales, chacune pour huit personnes, ainsi que quatre cents chaises laquées l'accompagnaient.

Le matériel de buffet — porcelaine, verrerie, argenterie et linge — est arrivé dans de grandes caisses dès le jeudi matin. Ce même jour, après leur travail, des amis d'Olivier sont venus installer la sono. Le compteur de l'Auberge supportait l'éclairage du lieu des réjouissances, mais il a refusé de fournir l'énergie nécessaire à la danse, et, à chaque fois que la voix de Prince ou de Madonna s'élevait, l'électricité sautait de la cave au grenier, en passant par les réfrigérateurs et le congélateur consacrés aux desserts de fête.

Devant la menace du maître-pâtissier Joyeuse de suivre l'exemple de Vatel, la Patronne est allée supplier le voisin d'accepter que l'on branche la musique à son domicile. « Ce sera un plaisir », a-t-il répondu à l'étonnement général, car l'amabilité n'était pas son fort ; il a même aidé à tirer le câble jusque chez lui, comme s'il craignait qu'on ne change d'avis.

Nul n'a soupçonné qu'il pouvait y avoir anguille sous roche.

Le vendredi a été jour des fleurs. Dès l'aube, maman s'était rendue au marché et l'après-midi, un bataillon de copines est venu lui prêter main forte pour la confection des quatre-vingts bouquets de tables et de la douzaine de gerbes destinées à l'église, à la maison, au buffet.

Du salon transformé en serre s'échappaient les senteurs délicates du jasmin, de la pivoine et de l'œillet-d'Inde ; elles se mêlaient aux effluves plus robustes des divers pâtes et coulis confectionnés à la cuisine. Les mauvaises langues prétendaient que cela sentait le cimetière ; les bonnes, le palais de Dame Tartine.

Le ciel faisait grise mine et la météo n'était pas optimiste pour cette fin de semaine ; s'il ne pleuvait pas, on devrait s'estimer heureux. Saint Antoine de Padoue, qui jamais n'avait fait défaut à la Patronne, s'était vu enjoint par elle — moyennant promesses sonnantes et trébuchantes — de nous retrouver le soleil.

Depuis une quinzaine, Laure avait réintégré sa chambre à Neuilly. Elle avait provisoirement pris congé de son agence d'intérim pour se consacrer aux préparatifs de la fête et, entre les trajets à l'Auberge, les ultimes essayages, l'heure magique du courrier qui déversait à la maison réponses, cadeaux et félicitations, nous n'arrêtions pas.

Cela me convenait !

« Après le mariage, si nous partions une semaine quelque part tous les deux ? » avait suggéré Matthieu.

Ma réponse avait été évasive et il n'avait pas insisté. Je le sentais inquiet et ne pouvais rien dire pour le rassurer. Jamais il ne s'était montré aussi amoureux.

Laure ayant décidé de passer entre femmes sa dernière nuit de liberté, le vendredi soir, après une éprouvante séance chez le coiffeur où la fiancée s'était plu à détruire systématiquement tous les savants échafaudages que l'on construisait sur sa tête, nous avons empli la voiture des beaux effets de fête et pris la direction de l'Auberge.

A peine ai-je mis le pied dans la maison que maman m'entraîne à l'écart.

— Je préfère t'avertir... Je n'ai toujours pas réussi à voir la tenue de ta tante. De toute façon, c'est trop tard, maintenant. Inutile de te dire que je crains le pire ; tu vas comprendre...

Je comprends en découvrant le nouveau coloris des cheveux de Joyeuse : noir jais, à la Carmen.

Dans l'espoir de recueillir une confidence, je risque une plaisanterie osée, comme celle-ci les aime :

— Aurais-tu l'intention de séduire l'oncle évêque ?

— Et quel mal un évêque verrait-il à être séduit par un ange ? m'est-il sévèrement rétorqué.

Toutes les fenêtres du salon restant ouvertes pour cause d'exposition florale, nous dînons à la cuisine. A notre intention, Joyeuse a sorti de derrière les fagots — ainsi parle-t-elle de son congélateur — un lapereau offert à l'automne dernier par un admirateur. Elle nous le sert farci, accompagné de pâtes fraîches et de girolles réhydratées. Cette viande âgée de six mois, l'odeur des fleurs, celle des entremets, l'éprouvante journée qui nous attend demain, ont transformé pour une fois les *p'tits creux* en trop-pleins et nous ne faisons guère honneur à son plat.

En revanche, le champagne que nous avons décidé de tester remporte un franc succès ; Laure en est à sa troisième coupe.

— Si personne n'y voit d'inconvénient, Thibaut et moi dormirons ici demain, annonce-t-elle de but en blanc.

— Mais demain, c'est ta nuit de noces, ma chérie, s'étonne Joyeuse. Ne préférez-vous pas prendre tout de suite la route ?

Cette route, nul ne sait où elle mènera les jeunes mariés ; le secret a été jusqu'ici bien gardé. Seule certitude : le but doit être lointain et coûteux car, à toute la famille, plutôt que des cadeaux, Laure a demandé un chèque de participation au voyage. Avec un peu de chance, le mystère sera éclairci avant leur départ.

— Pour la nuit de noces, tu n'ignores pas que nous avons pris de l'avance, répond Laure. Par contre, occuper à l'Auberge une même paillasse, ça, ce sera nouveau, et on a bien l'intention de déguster ! Avec petit déjeuner au lit, et merci d'avance !

— A propos..., dit maman.

Les « à propos » de la famille annoncent généralement des nouvelles de poids. Aussi l'attention se tourne-t-elle vers la Patronne :

— Monsieur le curé a appelé tout à l'heure, il y a un petit problème, poursuit-elle d'un ton trop léger pour être honnête.

— Obstacle au mariage ? s'enquiert Laure.

— Aucun obstacle, mais l'obligation d'arriver à l'heure à l'église. Plus question d'être en retard.

Ce qui était prévu.

Une erreur de programmation a en effet été

commise. Le mariage civil a lieu à quatre heures, le religieux à cinq. Notre maire est bavard, la mariée tient à revenir se changer à l'Auberge entre les deux consentements. Nous avons plusieurs fois minuté : impossible d'être à l'église avant cinq heures vingt.

— Mais tout le monde était d'accord, proteste Laure. Qu'est-ce qui s'est passé ?

Maman prend un air funèbre :

— Monsieur Gingembre.

Le pauvre monsieur Gingembre, boulanger du village voisin, expert en puits d'amour, est décédé subitement il y a deux jours à son fournil. On le conduit demain à sa dernière demeure et sa famille, bien que non pratiquante, tient à ce qu'il fasse une petite halte à l'église. Notre curé n'a pas voulu refuser et, dans une journée surchargée, n'a trouvé, pour la petite halte, que six heures du soir.

— Cela ne fera pas bon effet si le mariage et l'enterrement se cognent, remarque maman.

— Il y a une solution, dis-je étourdiment. Que Laure aille à la mairie en robe de mariée.

Levée de boucliers générale contre ma proposition : ce n'est pas à la mairie que se conclut le vrai mariage, mais devant Dieu. La primeur de la robe doit Lui être réservée.

— Eh bien, on se cognera, conclut philosophiquement Laure. Monsieur Gingembre ne m'en voudra pas et, à l'église, il aura toutes mes fleurs pour se consoler.

Par la fenêtre de ma chambre, je regarde la tente au centre de la pelouse : alors, c'est demain, ce 7 avril si attendu, si redouté !

Tables et chaises sont déjà installées : tout ce blanc dans la nuit, on dirait un repas de fantômes.

Est-ce finalement si agréable de marier sa fille là où l'on s'est marié ?

Pour Matthieu et moi, le repas avait eu lieu à l'intérieur de la maison, car il n'y avait qu'une cinquantaine d'invités. Mon père était encore là ; Joyeuse n'était qu'une petite femme effacée que l'on n'appelait pas autrement que « la femme de Bertrand ».

J'entends s'ouvrir la porte de ma chambre ; je ne me retourne pas. Moi aussi, la veille du grand jour, j'étais allée trouver maman, et papa s'était discrètement retiré dans la salle de bains où il sifflotait pour montrer qu'il n'écoutait pas.

Laure vient s'accouder près de moi.

— C'est pour un p'tit somnifère. J'ai ce lapereau en travers de la gorge et, avec M. Gingembre, ça fait un drôle de mélange ! Qu'est-ce que tu regardais ?

— Mon mariage avec ton père ! Il y a bientôt vingt-cinq ans.

— Et ça fait comment ?

— Ça fait bizarre.

— Bizarre bien ou bizarre mal ?

— Bizarre, bizarre...

Nous rions. Je referme la fenêtre : inutile que la mariée éternue à l'église. Je lui donne un comprimé. Moi, c'est fait. Elle le pose sur sa langue et, sans me quitter des yeux, avale quelques gorgées d'eau à même la bouteille. Je ne réagis pas.

— Alors on ne dit plus rien ? râle-t-elle.

— On ne boit pas à la bouteille, dis-je de mon ton le plus sévère. On se donne la peine de remplir un verre.

— ... et on s'essuie la bouche après, conclut-elle avec un soupir satisfait. Tu comprends, ce n'est pas parce que demain on m'appellera « madame »...

Elle s'est assise au bord du lit et fait des ronds avec ses pieds.

— Un conseil, réclame-t-elle. Rien qu'un, mais le bon.

Il monte à mes lèvres avec le regret ; je voudrais pouvoir tout recommencer.

— Reste la « petite bombe ». Si tu as envie d'exploser, explose. Ne laisse jamais le silence, ou le mensonge, s'installer entre Thibaut et toi.

— O.K. ! T'excite pas, j'ai compris : la com-mu-nica-tion ! Rien de neuf à l'horizon.

Elle saute sur ses pieds, vient m'embrasser et quitte la chambre. Je ne bouge pas : les fausses sorties, c'est de famille, ça aussi. Le meilleur pour la fin. A peine refermée, la porte s'entrouvre : un sourire mi-figue mi-raisin apparaît.

— A propos, m'man, tu étais tellement excitée cet hiver qu'à un moment — ça n'allait pas, ma tête —, je me suis demandée si tu ne trompais pas ton mari !

Chapitre 33

« *Kyrie,* Seigneur, prends pitié, ô Christ, prends pitié... »

Nous, les Roussel, sommes à gauche, côté mariée. Les Marcey se tiennent à droite. Autour de Ghislaine et de Paul : les trois sœurs et le frère de Thibaut. Derrière eux, sur plusieurs rangées, enfants et petits-enfants. Pour ce qui est du nombre, nous somme battus à plate couture.

La messe vient de commencer dans l'église pleine à craquer. Tout est parfait : les gerbes de lys mêlés de roses, la musique, l'atmosphère où se conjuguent piété et amitié, c'est un très grand jour pour Laure.

... et moi je ne pense qu'à ce foutu robinet !

Alors qu'à cinq heures moins cinq, j'aidais mon amazone, mariée civilement, à troquer son tailleur-pantalon pour « Gigi », sa robe de dentelle blanche, le responsable de la réception est venu m'annoncer qu'un robinet manquait : robinet très spécial, irremplaçable, assurait-il, qui aurait dû être livré en même temps que les deux cents mètres de tuyau et commandait l'arrivée de l'eau indispensable pour le buffet.

Cette eau qui depuis le matin tombe à pleins seaux

du ciel, saint Antoine de Padoue ayant failli à sa mission de nous retrouver le soleil.

« *Alleluia, alleluia !* Fais paraître ton jour. »

Je mêle ma voix aux autres, je me lève et m'assois docilement aux signes du curé, mais je ne suis pas vraiment là. J'assiste de loin, en spectatrice, au mariage de ma fille : trop de monde, d'événements, de fatigue. A la fois survoltée et anesthésiée, moi qui étais sûre de pleurer, je cherche en vain l'émotion en moi et lorsque de grandes rafales de pluie cinglent les vitraux, un rire nerveux me secoue, que je tente de dissimuler sous les ailes de ma capeline : tant d'eau partout, et pas une goutte là où il en faudrait !

— Mais qu'est-ce qui t'arrive ? me souffle Matthieu, inquiet. Ça ne va pas ?

« Chère Laure et cher Thibaut... *L'homme quittera son père et sa mère...* »

L'oncle évêque commence son homélie. Fabuleux, ce monseigneur, blanc de barbe et de robe, qui nous est débarqué d'Afrique où il a toute sa vie travaillé au service de Dieu et des affamés. Lors du déjeuner pique-nique à l'Auberge, il a fait la conquête de tous, mais c'est lorsque « le pire » est arrivé — Joyeuse dans sa tenue de fête —, qu'il a donné son meilleur en s'écriant : « Shéhérazade ! »

Avec son turban étoilé autour de ses cheveux jais, ses voiles et ses paillettes, son pantalon au fond pendant jusqu'aux chevilles, ses babouches incrustées de pierreries, notre tante oscillait entre la diseuse de bonne aventure et la princesse des mille et une nuits.

A l'évêque, elle a adressé son plus séduisant sourire ; à nous, un regard triomphant dans lequel certains ont cru déceler d'inquiétantes promesses.

— Un peu de patience et nous sommes bons pour la danse du ventre ! a prédit Olivier.

« Chaque jour, Thibaut et Laure, il vous faudra partir à la rencontre l'un de l'autre. La rencontre des corps ne suffit pas, elle n'est belle que si elle consacre celle des âmes... »

Au moindre geste de Shéhérazade qui approuve de tout son être, la ferraille qu'elle porte au cou et aux poignets fait un bruit de harem. Maman, impeccable dans son tailleur perle et son corsage de soie pivoine, assassine sa sœur du regard et le fou rire me reprend.

« Vous allez à présent échanger vos consentements... »

Le silence se fait plus profond, les visages se tendent vers le couple agenouillé devant l'autel. Tous veulent entendre le « oui » de ce garçon et de cette fille qui vont s'engager dans un double pari insensé : pari sur l'existence d'un être suprême, pari de se porter amour et fidélité toute la vie. Lorsque, petite fille, à cheval sur le toit de l'Auberge, j'essayais de toucher le ciel, que visais-je de si différent ? Mais, pour Laure et Thibaut, aujourd'hui, nul n'appellera les pompiers, et tout le monde dit « amen ».

Magnificat...

Dans les stalles de bois sculpté, garçons et demoiselles d'honneur, vêtus de fraîcheur, balancent leurs sandalettes blanches au-dessus des petits paniers de la quête.

Sanctus, anamnèse, Notre Père... Maman chante d'une voix profonde, presque masculine. Sa voix, autrefois, me remplissait de honte et je me plaçais le plus loin possible d'elle pour que nul n'allât imaginer que j'étais la fille de ce grenadier. Je consulte ma montre : six heures moins cinq, déjà. Dans cinq minutes, Monsieur Gingembre se présentera aux portes de l'église.

Un long défilé de mains jointes, d'yeux baissés, auquel Matthieu et moi ne participons pas, marche vers l'hostie. Le chant de communion s'élève, et c'est alors que quelques phrases me saisissent, effacent en moi toute velléité de rire :

Laisser une lampe allumée.
Choisir avec toi la confiance.
Ouvrir quand tu frappes à ma porte.
Rester et devenir meilleur...

Et si je restais ?

Si je tenais la promesse faite ici même, il y a vingt quatre ans, et que je continuais la route avec Matthieu ? Parmi tous les couples présents dans cette église, combien s'aiment encore comme au premier jour ? Lesquels peuvent se vanter de n'avoir triché, ne s'être jamais, d'une façon ou d'une autre, trompés ? Et pourtant, ils sont là. Ensemble.

Oui, si je restais ? J'étoufferais peu à peu Line, j'éteindrais le faux volcan, je redeviendrais Marie, Matthieu ne saurait jamais rien, la vie reprendrait son cours, comme avant.

Pourquoi pas ?

Il me semble déjà respirer mieux. « Choisir avec toi la confiance... » A mon tour de mettre en pratique ce mot qui me guide dans mon travail et de me fier au temps pour arranger les choses.

« Allez en paix ».

Matthieu prend ma main et je la lui laisse.

Il était six heures vingt et la pluie tombait toujours lorsqu'on a ouvert les portes de l'église et que, portés par les flots d'orgue, le cortège s'est acheminé vers la sortie.

Un petit groupe en noir d'une vingtaine de personnes se tenait discrètement à l'écart, semblant chercher à cacher le fourgon où reposait un mort qui avait donné le pain, mais aussi le dessert, l'essentiel et le superflu. Merci, boulanger !

Devant l'église, sous les parapluies déployés, nos amis en tenues de fête nous offraient leurs plus beaux sourires : les couples liés à jamais par les grandes et petites choses de la vie commune ; ceux dont l'union ne tenait plus qu'au fil de l'habitude ou des convenances ; les séparés, les isolés.

En haut des marches, tandis que dans le crépitement des flashes, les photographes immortalisaient les mariés, je regardais, moi, la voiture noire et j'écoutais ce que me disait celui qui s'y trouvait.

Il me disait que nous ne sommes que quelques kilos de chair animée par un esprit qui fait de chacun d'entre nous un être unique et irremplaçable. Durant la poignée d'années que Dieu ou le hasard nous offrait, il était urgent, me rappelait-il, de trouver celui ou celle que l'on était et de s'accepter, de se montrer sans fard, car vivre à côté de soi-même, c'est comme vivre hors de sa maison, exposé, solitaire. Il fallait apprendre à s'habiter, me disait cet homme qui s'était quitté : dans ses chambres lumineuses comme en ses obscurs recoins.

Car sinon — et c'était moi, là, qui lui répondais — c'était aussi bête que d'avoir le toit, la nourriture, le couvert, les invités, mais pas l'eau vive.

— S'il vous plaît, pour la photo, les parents des mariés... voilà, c'est cela, ne bougez plus...

Ghislaine et Paul, Marie-Line et Matthieu.

Sera-t-elle un jour, cette photo, sur la cheminée de notre appartement à Neuilly ? La regarderons-nous, Matthieu et moi, en disant : « Tu te souviens ? »

Et de quoi aurai-je choisi de me souvenir ?

Chapitre 34

Les canapés aux crevettes roses, les pains-surprise au crabe, les pains-mignons au jambon, les roulades et les barquettes ont été très appréciés. Le champagne coulait à flots et saint Antoine de Padoue s'était racheté *in extremis :* le robinet du traiteur avait été retrouvé ; celui du ciel, fermé.

Il était huit heures lorsque nous avons pris place autour des tables pour souper. Bien que servis sans pain grillé, les hors-d'œuvre islandais ont fait fureur et les porcelets à la broche, le curry d'agneau sont venus à point pour réchauffer les convives.

Deux tables avaient été élues tables d'honneur : l'une autour des mariés, l'autre composée de leurs parents et grands-parents, ainsi que de Joyeuse placée à côté de l'oncle évêque.

Quelques jeunes ont pris la parole durant le repas ; ils ont allégrement monté en épingle les défauts des nouveaux mariés afin que ceux-ci n'ignorent rien — maintenant que le mal était fait — des difficultés qui les attendaient. Puis Laure et Thibaut ont été sommés de révéler la direction de leur voyage de noces. Et comme ils s'y refusaient avec la dernière énergie, on les a portés, dans un chahut monstre, devant le micro.

— C'est parce qu'on est très orgueilleux, a commencé Laure, et qu'on veut laisser notre trace inscrite en dur quelque part dans le monde.

— C'est parce qu'on est très paresseux, a poursuivi Thibaut, et qu'il n'y a rien de plus crevant que de ne rien faire pendant tout un mois.

— C'est la faute de celles qui habitent cette bicoque et qui nous ont seriné toute la vie comment, il y a cent mille ans, elles envoyaient en Afrique le papier d'argent de leur chocolat pour aider les petits nègres, a repris Laure.

— C'est influencé par un oncle missionnaire qui transformait ce papier d'argent en nourritures célestes et terrestres, a renchérit Thibaut.

Nul ne voyait où ils voulaient en venir. Alors que, durant les précédents discours, l'assemblée avait abondamment manifesté, un silence absolu régnait.

Laure s'est tournée vers la table d'honneur :

— C'est parce que, grâce à certains, on a plein de blé sur notre compte, a-t-elle déclaré — et elle avait beau faire, sa voix de petite bombe sentait le pétard mouillé.

— Bref, on part avec des copains organiser une banque de mil en Afrique, au Mali plus précisément, a conclu Thibaut en entourant d'un bras protecteur les épaules de sa femme.

« Mil » comme nourriture essentielle. « Banque » comme entrepôt où les paysans engrangeraient leurs surplus en prévision des jours maigres, dans un pays où la pluie tombe toujours trop ou trop peu. A part ça, tous les bras étaient acceptés !

Sifflets et applaudissements ont enfin explosé ; le sourire de l'homme en robe blanche indiquait qu'il n'était pas étranger au choix du voyage. Laure et Thibaut ont regagné leur place. C'était l'heure des desserts, l'heure de gloire de notre pâtissière-maison, le défilé des charlottes, tourtes et feuilletés. Et lorsque le « clou » est arrivé, porté sur un plateau de cuivre par deux maîtres d'hôtel auxquels tous les moins de dix ans faisaient escorte, le secret de la tenue de Joyeuse nous a enfin été révélé : elle s'était assortie à sa pièce montée.

Islamique !

Au haut du dôme brillait un croissant d'or. Sous une résille de sucre filé et de miel se dressait une sorte de palais fait de choux en pâte d'amande, hérissé de pistaches, décoré de dattes et autres mystérieuses douceurs orientales. Un seul regard sur le chef-d'œuvre suffisait à vous rassasier.

L'oncle évêque, premier servi, a déclaré que Mahomet se serait régalé.

Voici plus de deux heures que l'on danse sous la tente vidée de ses tables. La plupart des « vieux » se sont retirés. Sapristi sur mes talons, je fais quelques pas dans le jardin éclairé par de hautes torches. La nuit est douce, des souffles mouillés effleurent ma joue, furtifs baisers. Mon vieux chien lève vers moi des yeux las, semblant demander : « Quand déguerpiront-ils, ceux-là ? »

Près de l'ouverture de la tente, Olivier discute avec son père, appuyant son discours de gestes excessifs, dans son désir de convaincre. Des deux, il est le plus grand et se tient le plus droit. Se mariera-t-il un jour à l'Auberge, lui aussi ? Ou, comme tant d'autres, choisira-t-il l'union libre ? Mais existe-t-il des unions « libres » ?

Une haute silhouette me rejoint : Henri. Il s'empare de mon bras.

— Quelle famille ! s'exclame-t-il. Avec votre papier d'argent, vos petits nègres, vos missionnaires, vous êtes bons à encadrer !

Je proteste :

— Nous sommes au contraire tout à fait dans le vent. Il y a ceux qui chantent pour les « potes ». A défaut de voix, Laure et Thibaut vont offrir leurs bras, c'est tout.

— Et Joyeuse ! reprend Henri. Son immangeable pièce montée... Sais-tu ce qu'elle m'a répondu lorsque je lui ai demandé la raison de son choix ? « Une idée qui passait par là. » Attraper les idées qui « passent par là », seuls les poètes savent le faire. Crois-tu qu'elle accepterait si je lui demandais sa main ?

— Méfie-toi, elle en serait bien capable. Et pourquoi pas, après tout ? Vu son âge, tu n'auras pas le temps de sentir ton cœur battre moins fort.

— Touché ! constate Henri.

Il resserre l'étreinte de sa main sur mon bras. Nous sommes arrivés au bout du jardin, le coin des noisetiers. J'aimais quand la peau qui recouvre les noisettes devenait rouge, mais cela voulait dire que le fruit était sec. Sans hâte, nous revenons vers la tente. Cette bulle de lumière et de musique, posée dans la nuit, me rappelle le restaurant à raclette du dernier soir, à Megève. Ce soir un peu magique, un peu fou, comme il me paraît loin ! Les *dahus* ne s'aventurent jamais dans les maisons de famille.

— Et la mère de la mariée, elle en est où ? interroge mon ami.

— Dans de sales draps ! Elle ne sait plus bien qui elle est. Elle se demande qui Matthieu aime en elle.

Henri s'arrête

— Demande-le-lui, supplie-t-il. Quand arrêterez-vous de jouer à cache-cache tous les deux ? Vide le paquet ! C'est ton métier ou non de libérer les mots ? Et Matthieu est assez fort pour encaisser.

Pas tout ! Pas ça ! Ce paquet est plein de ma honte ; jamais je n'arriverai à le vider.

Nous avons repris notre marche. Je suis lasse. Un matin d'étoiles blanches, dans le parc des rois et des dieux, je regardais dormir Ariane ; si j'étais Ariane...

— Tu te souviens, Henri ? Versailles, le Modigliani... Et ce que tu m'avais dit : « Seule l'authenticité compte... »

— Eh bien ?

— Eh bien, je ne sais plus distinguer le vrai du faux. Comme le pauvre vieux monsieur.

Le bras d'Henri s'est raidi. Il prend une longue inspiration :

— Le vieux monsieur est mort.

... Il disait de son « jeune homme » : « Où que je sois, son regard m'aura suivi toute la vie. » Un regard s'est éteint, l'autre a suivi.

J'ai froid, je voudrais rentrer : musique et danse, depuis toujours, ne sont là que pour aider à oublier. J'ai envie d'être dans une petite salle fermée, assise sur le sol en face d'un enfant que j'aiderais à vivre, qui m'aiderait à vivre. Nous partagerions notre peur. Elle serait moins lourde à porter.

Chapitre 35

Depuis que les enfants avaient quitté la maison, nous aimions, le dimanche, prendre au lit un petit déjeuner abondant qui nous aispensait du repas de midi : jus de fruits, céréales, œufs et pain frais que le premier éveillé descendait chercher à la boulangerie voisine.

Je somnolais lorsque l'odeur du café a investi la chambre, alors que Matthieu y poussait la table roulante bien garnie. « Onze heures, a-t-il annoncé en ouvrant rideaux et volets. C'est écœurant, regarde : plein soleil, aujourd'hui ! J'en connais qui doivent fulminer. »

Je me suis redressée, j'aurais voulu dormir encore, rester à l'abri de l'obscurité, de la chaleur des draps ; le mariage avait eu lieu et il me semblait avoir atteint la fin du sursis.

Matthieu a retiré le pull qu'il avait enfilé, pour sortir, sur sa veste de pyjama. Il a laissé tomber son pantalon et il est venu reprendre place dans le lit. Il m'a tendu un verre de jus de fruit.

— Réveillez-vous, madame et écoutez-moi. Dimanche prochain, c'est Pâques. Je vous emmène où vous voudrez, aussi loin qu'il vous plaira.

Il a eu un rire forcé :

— Et n'allez pas prétendre que vous êtes trop occupée : la fille est mariée et les gamins sont en vacances.

— Je n'ai pas envie de partir maintenant, ai-je dit.

— Et pourquoi cela ?

— Je ne me sens pas en forme.

— Raison de plus pour changer d'air, a-t-il protesté d'un ton faussement dégagé. Un voyage te fera le plus grand bien.

De toute évidence, il s'était préparé à un refus et avait décidé de ne pas céder. Comme une eau grise, la lassitude, l'impuissance m'envahissaient. Je ne voulais pas partir avec Matthieu, je ne savais comment le lui faire comprendre sans trop le blesser. Pourquoi attaquait-il si vite, au lendemain du mariage de Laure ? J'avais décidé d'attendre quelques jours pour lui parler.

J'ai terminé mon jus de fruit. Sur un plateau, il a mis une tasse de café, un croissant, une brioche et l'a posé sur mes genoux. Je ne parvenais pas à parler ; je me sentais prise au piège.

— Line, est-ce que quelqu'un te retient ici ? a-t-il demandé soudain.

— Il n'y a personne, je te l'ai dit.

— Alors, c'est à cause de Priscille ! Tu m'en veux. c'est cela ?

Priscille, pourquoi pas ? La situation classique. Et ce serait moins pénible pour Matthieu de mettre mon éloignement sur le compte de son infidélité.

— Je ne sais plus très bien où j'en suis, ai-je admis. Durant ces petites vacances, j'avais l'intention de m'installer à l'Auberge.

— Toute seule ?

Sa voix s'était altérée.

— Toute seule.

Il a eu une brève inspiration, comme quelqu'un à qui l'air manque :

— Tu veux me quitter, Marie-Line ?

— J'ai besoin de m'éloigner un moment pour faire le point, réfléchir.

— Mais réfléchir à quoi ? a-t-il interrogé d'un ton exaspéré. Les choses ne sont-elles pas claires, maintenant ? Tout est fini avec Priscille. Tu assurais m'avoir pardonné.

Comment aurait-il pu comprendre ? J'avais été, depuis Noël, si aimante, si ardente. Et voici que je me dérobais. Seule la vérité — cela n'avait été qu'un jeu — pourrait le convaincre.

— J'ai besoin de réfléchir à nous, ai-je dit faiblement. A la façon dont nous vivons depuis quelques années.

— N'avons-nous pas été heureux ?

J'ai senti monter dans ma poitrine de très anciens sanglots. Heureux ? Par moments, oui. Mais quand tu revenais de chez une autre femme, j'avais l'impression d'accueillir un étranger et tout se défaisait de la maison construite ensemble.

— Il n'y a pas eu que Priscille, je le sais.

— Alors tu sais aussi qu'aucune n'a réellement compté.

— Mais elles existaient. Elles t'obligeaient à me mentir, elles m'obligeaient à jouer la comédie.

J'ai bu une gorgée de café ; ma bouche était comme du carton : la peur. Comme un ressort était cassé en moi, je ne pouvais plus mentir. Jusqu'où cela allait-il m'entraîner ?

— Line, tu ne m'aimes plus, a constaté soudain Matthieu.

Cette voix enrouée par la douleur m'a transpercé le

cœur. Il me regardait intensément, attendant que je me récrie. Je suis restée silencieuse. Il a baissé la tête

— Depuis quand ?

— Je ne sais pas. Un jour, je me suis demandé ce que c'était que l'amour. Et voilà...

— Et voilà ?

D'un mouvement brusque, il est sorti du lit et est allé appuyer son front au carreau. Il respirait comme un homme blessé et sa souffrance était mon œuvre ; je lui avais tiré dans le dos. C'était un mari généreux, attaché à sa famille, mais, comme tant d'autres à cet âge, inquiet pour sa virilité, faible devant ses manifestations. Profitant de cette faiblesse et de sa naïveté, j'avais tendu mes pièges, je l'y avais pris, et, à présent qu'il était à ma merci, non contente de me dérober, je bazardais ce qui avait été notre vie, une vie, malgré tout, acceptable, pétrie d'œuvre commune, de moments riches, de précieux instants d'abandon ou de complicité.

Mais qu'étais-je en train de faire ? Déjà, même si je revenais sur mes paroles, si j'allais prendre Matthieu dans mes bras et me laissais aimer, plus rien, jamais, ne pourrait être pareil ; j'avais prononcé les mots dont on ne guérit pas.

Il s'est retourné.

– Eh bien, moi, figure-toi que je t'aime ! a-t-il déclaré d'une voix enjouée, pathétique. Et ce n'est pas parce que tu te payes une petite déprime post-mariage que je vais te laisser partir. Il n'en est pas question !

Avec un pauvre sourire, il est revenu vers le lit. Il avait trouvé ! Mes humeurs, ma fatigue, mon besoin d'air : « une petite déprime ». Je n'en sortirais pas. Il ne me laisserait jamais partir. Il m'a entourée de ses bras, ses lèvres sont venues sur mes seins.

— Tu ne prétendras pas qu'à Noël, tu ne m'aimais pas ? Rappelle-toi. Et il me semble que tu as su me le prouver. Et plus d'une fois...

Ses lèvres sont descendues plus bas.

— Non !

Je le crie. Il se rejette en arrière et me regarde, incrédule. « Non ! Non ! » Je le repousse et jaillis hors du lit. Je me cogne à la table roulante, quelque chose se renverse. « Non ! » Il n'y a pas eu de Noël, pas eu de fête, pas eu de plaisir. « Je mentais, Matthieu, je simulais. »

C'est dit. C'est fait. « *Je simulais.* » Les deux mots que j'aurais cru n'avoir jamais la force de prononcer ont jailli de moi, malgré moi, jet de pus — deux mots, deux secondes pour tuer. Assise au bout du lit, la tête cachée dans mes mains, j'attends la sentence, trop lâche pour regarder en face le visage du désir assassiné, mon œuvre. Un soulagement m'emplit qui ressemble à la mort ; il est fait de deux mots, lui aussi : « *Plus jamais.* » Plus jamais Matthieu ne me fera l'amour. Plus jamais je n'aurai à feindre le plaisir, un peu, pas trop, en regardant froidement sur moi, en moi, dans mon ventre ou dans ma bouche, un étranger, presque un ennemi, et me méprisant, et le méprisant d'être dupe. Plus jamais je n'aurai à répéter « encore » sans plus pouvoir dire « je t'aime ».

— Pourquoi ? interroge une voix sans timbre, sans vie. Line, pourquoi as-tu fait cela ?

Les mots sortent avec les sanglots.

— Pour te reprendre à Priscille. J'avais peur que tu me quittes. Rejoins-la, maintenant, vas-y. Elle t'aime. Et elle, elle ne triche pas.

Nous sommes restés ainsi un moment, puis je l'ai

entendu se lever. Il est passé dans la salle de bains et a tourné la clé.

Je regardais cette porte, j'écoutais l'eau couler à gros flots dans le lavabo, je souriais. Il faisait couler fort cette eau, Matthieu, lorsque Laure et moi nous nous moquions de lui, de ses pudeurs. Il n'avait jamais supporté que quiconque soit présent au moment de sa toilette. « Un homme, figure-toi, je sais comment c'est fait », plaisantait sa fille. Il s'arrangeait pour ne pas répondre. Il était du genre à rougir.

L'eau s'est arrêtée. Je guettais les bruits. Que faisait-il maintenant ? Allait-il se raser ? J'imaginais son visage, plein de mousse et, dans mon désert, sur le terrain dévasté par la vérité, remontait une émotion que je n'osais pas reconnaître. Mais qu'était donc l'amour pour qu'on en retrouve le souvenir après avoir cru lui donner le coup de grâce ?

A mon tour, je me suis levée. Du café avait coulé sur le drap : un vrai champ de bataille, ce lit. Matthieu allait-il partir dès maintenant ? Appellerait-il Priscille avant de la rejoindre ? « *C'est promis, mon cœur, je lui parlerai...* » Il y aurait fallu du temps, mais tout avait été dit. J'ai quitté la chambre pour ne pas le gêner tandis qu'il s'habillerait et, peut-être, ferait son sac.

Un blanc soleil d'avril emplissait le salon. Eparpillés sur les meubles, il y avait nos vêtements de fête, ma capeline, la jaquette de Matthieu, ses gants, son haut-de-forme. Hier, voyez-vous, notre fille s'est mariée. Demain, il me faudra rapporter chez le loueur les tenues de mes hommes. Prendre plaisir à faire ces petites corvées-là, cela faisait-il partie de l'amour ?

Je suis sortie sur le balcon. La rue était en

sommeil : dimanche. Le rose de la jacinthe offerte par Thibaut tranchait sur le vert du lierre. Deux phrases tournaient dans ma tête : « *Laisser une lampe allumée. Ouvrir quand tu frappes à ma porte.* »

J'avais éteint la lampe et claqué la porte.

— Line !

Matthieu se tenait sur le seuil de la pièce. Il avait enfilé un pantalon mais portait toujours sa veste de pyjama. Le col en était trempé. Ses cheveux aussi. Il est venu vers moi et, dans ses yeux, il n'y avait ni mépris ni condamnation.

— Pour que tu aies agi de la sorte, il fallait bien que tu m'aimes, a-t-il dit. Si ce n'est que ça, je ne te toucherai plus. Mais je ne peux pas vivre sans toi, je ne veux pas que tu partes.

Les larmes m'ont brûlé les yeux : « Si ce n'est que ça... » De nous deux, Matthieu avait-il été celui qui savait le mieux aimer ?

Il m'a ouvert les bras et je suis venue contre lui. Le nez dans sa chaleur, son odeur, il me semblait réapprendre la vie. A présent, je pouvais sans appréhension souder mon corps au sien, et pas qu' « un peu », trop ! « Reste, a-t-il murmuré, oh ma chérie, reste ! » Cela aurait été si facile de dire oui ! Mais, aveuglée par les larmes, réfugiée dans l'épaule de mon pêcheur, je lisais à livre ouvert ma vie si je restais : dans le vieux parchemin des amours humaines, écrites avec la même encre qu'hier, les mêmes mots, les mêmes soupirs.

Il tiendrait sa promesse et ne me toucherait plus. durant quelque temps, il me resterait fidèle. Que voudrait dire « fidèle » pour un couple séparé de corps, et de quel droit exigerais-je de cet homme de cinquante ans la chasteté après avoir joué avec son désir, l'avoir tué ? Un jour, il succomberait, comme on dit. Une aventure sans importance. Il saurait se montrer plus adroit dans ses mensonges, je fermerais les yeux, qui sait si je ne serais pas soulagée ?

Il disait aussi, le chant d'hier : « *Choisir avec toi la confiance...* » S'il en était resté en moi une seule étincelle, l'infime scintillement d'un « peut-être », j'aurais dit « oui ». Mais la confiance était éteinte.

Je me suis écartée de Matthieu, j'ai pris ses mains dans les miennes.

— Laisse-moi partir quelque temps. Je suis en mille morceaux. Je ne peux rien décider maintenant.

Il a eu à nouveau cette respiration de noyé :

— Crois-tu qu'un jour, nous deux ?

Mon cœur s'est brisé :

— Peut-être, je ne sais pas. Mais, vois-tu, il me semble que ce matin, nous avons recommencé à nous entendre. Vraiment !

Plus tard — nous étions tous deux habillés, Laure avait appelé de l'aéroport pour nous remercier de la « super-noce » —, mon mari est venu me retrouver à la cuisine où je rangeais un peu, me découvrant de l'affection pour ces objets familiers qui nous avaient accompagnés toutes ces années et dont je n'étais plus certaine de me servir jamais.

Matthieu a trouvé le courage de rire

— Et moi qui me réjouissais de t'annoncer une grande nouvelle ! Je l'avais réservée pour l'heure des croissants. Figure-toi qu'Olivier m'a parlé de revenir à la maison : le théâtre, il en a déjà soupé. Il pense reprendre ses études.

Maman m'a toujours assuré qu'il y avait les bons et les mauvais mensonges. En certaines occasions, le mensonge par omission est très conseillé : il peut même, dans la cuisine des anges, se transformer en bonne action.

— Olivier rentre ? Voilà en effet une fameuse nouvelle ! me suis-je exclamée. Il faudra bien accueillir ton fils. Il va avoir besoin de toi.

Chapitre 36

Cher Monsieur le docteur,

J'espère que vous allez bien, moi ça va. Hier, j'ai eu six ans et j'ai soufflé toutes mes bougies d'un coup, sauf une.

Pour la gorge de mon papa, moi je croyais que c'était à cause qu'il avait trop crié, mais ma maman m'a dit que c'était la cigarette, les brunes, et maintenant il a arrêté.

Madame Roussel, la dame de mon hôpital à moi, m'a dit que c'était une bonne idée de vous le demander, et même une idée d'as : le cancer de mon papa, c'est bien vrai, c'est la fumée ?

Je vous souhaite de bonnes vacances, moi je vais chez mon papy et les cloches de Pâques lanceront leurs œufs en chocolat dans le jardin, mais c'est trop tôt pour se baigner.

Je mets mon adresse pour la réponse et je vous fais un arbre.

Tristan MORÉNO

C'est Tristan qui a eu l'idée de s'adresser au médecin qui suivait son père. Lors de nos dernières séances de jeu, avant le mariage de Laure, il parlait souvent du cancer dont souffrait monsieur Moréno, et, bien qu'on lui eût maintes fois expliqué que l'abus de cigarettes en était la cause, il ne parvenait pas à y croire complètement. L'enfant avait trop longtemps associé le « tu me tues », à l'apparition de la maladie. Il me faisait penser à ce prisonnier sortant du cachot qui, blessé par la lumière, n'ose tout à fait ouvrir les yeux.

Décider de demander la vérité à ce docteur L'Héritier, dont on parlait beaucoup chez lui, était de la part de Tristan un acte de courage et de responsabilité, le signe qu'il commençait à se prendre en main.

Il avait souhaité que nous l'appelions au téléphone, mais je lui avais expliqué que ce médecin soignait de très nombreux malades et qu'il n'aurait sans doute pas le temps de prendre la communication. Le soulagement du petit garçon, apprenant qu'il y avait beaucoup d'autres cancers de la gorge semblables à celui dont souffrait son père, que celui-ci était loin d'être le seul atteint, avait atténué sa déception de ne pouvoir poser sa question de vive voix.

Il avait donc eu l'idée de « faire une lettre », mais, n'apprenant à écrire que depuis quelques mois, il était incapable de la rédiger lui-même. Aussi avions-nous décidé ensemble qu'il tracerait de sa main le « Cher monsieur le docteur », et qu'il signerait.

Le reste, il me l'a dicté. Je n'ai pas changé un seul mot. C'est également lui qui a écrit sur l'enveloppe, en majuscules, le nom du praticien, et qui a collé le timbre. Nous sommes allés la poster ensemble et je l'ai soulevé dans mes bras pour qu'il puisse la glisser dans la boîte.

En pensée, je suis cette lettre. Le docteur L'Héritier doit l'avoir reçue à présent. Pourvu que ce grand patron, dont j'ai entendu vanter les qualités humaines et qui est, paraît-il, père de plusieurs enfants, comprenne entre les lignes l'appel qui lui est adressé et ne le laisse pas sans réponse !

Olivier — à qui j'ai tout raconté — m'a suppliée de joindre personnellement le médecin pour lui expliquer le cas. Après avoir bien réfléchi, j'ai choisi de ne pas intervenir : l'enfant ne réclame que la vérité et je fais confiance à L'Héritier pour la lui donner. Je ne voudrais pas voler à Tristan une part de sa victoire.

Je suis heureuse d'avoir été pour lui le regard, l'attention, en somme le miroir qui lui a permis, débusquant sa peur et s'en libérant, de devenir celui qu'il est : un petit garçon avide de vivre qui, au bas de sa lettre, a dessiné un pommier couvert de beaux fruits rouges.

Chapitre 37

Je suis arrivée mardi à l'Auberge. La tente venait d'être enlevée, les pneus du camion avaient creusé de profondes ornières dans les allées amollies par la pluie, on aurait pu croire qu'une armée d'éléphants s'étaient roulés sur la pelouse.

En tenue de combat — bottes et jeans —, maman faisait la chasse aux mégots. Elle m'a montré sa récolte : un demi-seau, et m'a fait remarquer, indignée, que certains vandales s'étaient amusés à écraser leurs cigarettes contre ses rosiers. Mais, dans l'ensemble, aucun dégât n'était irrémédiable.

Le bal avait pris fin de façon inattendue, dimanche à trois heures du matin, lorsque le voisin qui avait si complaisamment accepté à son domicile le branchement de la sono, jugeant l'heure venue de dormir, avait tout simplement retiré la prise de son compteur. Après avoir organisé une gigantesque partie de cache-cache dans le jardin, les jeunes avaient consenti à aller se coucher, et tout s'était terminé dans la bonne humeur.

Sans laisser aux sœurs le temps de m'interroger, j'ai dit : « Ne me demandez rien, s'il vous plaît. Je suis venue garder Sapristi. — Je te souhaite bien du plaisir, a répondu maman. Depuis deux jours, il dort sur nos valises pour nous obliger à l'emmener. » Et le sujet a été clos.

Mercredi dès l'aube, nous avons pris la route de l'aéroport. Un petit groupe d'âge vermeil, aux trois quarts féminin, se pressait autour d'un animateur qui distribuait étiquettes, recommandations et ces sourires indulgents réservés aux jeunes enfants et aux vieillards. L'œil sévère de Joyeuse a eu tôt fait de jauger la situation : « Si j'avais su, a-t-elle déclaré, je serais partie avec les petits en Afrique. » Je la soupçonne d'avoir emporté dans ses bagages sa tenue de Shéhérazade. Pauvre maman !

Les baisers d'adieux m'ont fait penser à ces armes à silencieux dont on a l'impression qu'elles vous expédient dans l'autre monde, entouré de coton. Ils contenaient une telle charge de vœux et autres souhaits cachés que si l'on pouvait mourir d'affection, je ne serais plus là.

« Tu trouveras dans la *banquise* tout ce qu'il te faudra pour toi et pour Sapristi », m'avait averti Joyeuse avant de quitter l'Auberge.

Avec les reliquats du souper de noces, nous pourrions tenir facilement plusieurs semaines, mais les poissons fumés d'Islande, les currys africains, et même les charlottes-maison, si appréciés le soir du mariage, se confondent aujoud'hui en un même goût un peu écœurant de fête passée. Sapristi est de mon avis.

Jeudi, comme je ratissais les allées, on a sonné à la grille. Un jeune homme venait me livrer un grand et plat paquet marqué « fragile ». L'expéditeur était Henri.

Si maman avait été présente, elle m'aurait reproché d'aller trop vite pour l'ouvrir, mais un paquet une lettre restent pour moi, depuis l'enfance, le transport magique d'une pensée, et il me semblait deviner celle qui m'attendait sous l'épais papier brun.

C'était bien la *Femme au miroir*. Sur la carte qui l'accompagnait, Henri avait simplement écrit · « En dépôt. »

J'ai suspendu le tableau dans ma chambre pour le voir au réveil, lorsque je manque de forces pour me lever ; sitôt l'œil ouvert, j'y vais !

Je descends la colline jusqu'au fleuve dont le cours est, me semble-t-il, rapide et peuplé de courants. Une petite île, comme un radeau, y est posée ; elle ne paraît être là que pour porter l'arbre fou qui, malgré les vents, y a élu domicile et dont la forme tourmentée raconte la lutte constante. Des lambeaux de brume flottent par endroits sur l'eau, s'accrochent à la végétation des rives. Du fleuve, je passe à la partie sombre de la toile, une sorte de petit bois pris dans le brouillard. On y distingue des enchevêtrements de branches, des méli-mélo de végétation, il s'y livre comme une guerre sourde, silencieuse, qui ne donne pas envie de s'attarder.

J'achève la promenade par la partie du tableau que je préfère, là-bas, au fond. Est-ce une clairière ou un champ ? Est-ce le temps des semailles ou celui de la moisson ? S'il s'agissait d'un chapitre de livre, du couplet d'une chanson, je l'intitulerais « *Ça se lève* ». D'une déchirure entre deux nuages tombe une poussière d'or mêlée d'argent, vermeille comme les couverts de fête que la Patronne sort aux grandes occasions. Là, je me pose ; il m'est arrivé de m'y rendormir.

Henri a dit vrai : cette toile est bien le miroir d'une âme — la mienne, la nôtre. La musique douce-amère qui s'en dégage et serre la gorge rappelle que, sans ombres, la lumière est moins belle, que l'épreuve donne sa valeur au mot « exister », et, parfois, une plus grande qualité aux rapports humains.

Vendredi, alors que j'allais me coucher, Matthieu a appelé. Il m'a déclaré qu'à la maison, décidément, tout lui parlait trop de nous et qu'il allait passer quelques jours à Caen chez son père ; il prenait la route tout de suite. Sa voix étranglée disait sa solitude.

Je ne suis pas fière de Marie ! Marie-Poule, Marie-rétro, pourquoi pas sainte Marie ? Alors que, face à un enfant inconnu, je suis capable de guetter des heures le signe annonciateur d'un dialogue, j'ai laissé le silence s'installer entre Matthieu et moi. Je voulais que l'amour reste comme au premier jour : qu'ai-je fait pour y aider ?

« Si ce n'est que ça, je ne te toucherai plus. » Ces mots me poursuivent : pour regagner mon mari, je n'ai su miser que sur le plus éphémère : *ça*.

Line aussi me tourmente : Line-le-masque, Line-le-mensonge en qui je refusais de me reconnaître. Mais à Megève, lorsqu'un authentique désir me tendait vers Henri et que je m'employais à le séduire, où était la comédie ? Ces frissons, cette plainte retenue, cet élan que, la veille, je simulais, je les éprouvais bel et bien...

Alors, Line ? Marie ? Laquelle ?

« La rencontre des corps n'est belle que si elle consacre celle des âmes », a dit l'oncle évêque dans son homélie.

Effaçons l'Eglise, supprimons le missionnaire, remplaçons « âme » par esprit. Plutôt que de parler de Dieu, parlons de ces souffles, de ces aspirations encore mal expliquées, mais que nul ne met en doute, qui à la fois sortent l'homme de sa carcasse et l'aident à s'y sentir mieux. Faisons tout cela, et les paroles de l'homme en blanc continueront d'exprimer la vérité. Sans la rencontre des regards, des rêves, des pensées, de l'illusion peut-être, la simple rencontre de deux corps n'est qu'un vol brisé.

Samedi, une carte est arrivée de Normandie, signée par toute la famille Moréno. Regardant, logée contre celle de son père, la signature maladroite d'un petit garçon, j'ai compris combien mon travail avait d'importance pour moi ; vers ce but-là, je barre bien, et sachant ce que je vise, je sais mieux qui je suis.

Après Pâques, c'est décidé, je chercherai un studio à louer : je ne vais quand même pas rester toute ma vie chez les anges ! En plus de mon travail à l'hôpital, je m'emploierai à me faire une clientèle privée : nous ne manquons pas de demandes.

« Crois-tu qu'un jour, nous deux... ? » a demandé Matthieu. Il me semble que pour pouvoir lui répondre, je dois être d'abord capable de m'en tirer seule financièrement.

« Seule », ce mot me donne froid.

Parfois, je me demande où j'en serais si Priscille n'avait pas existé. Sans doute rien n'aurait-il changé. Entre Matthieu et moi continuerait de régner ce qu'il convient d'appeler un *statu quo*, avec ses bons et ses moins bons moments, et la phrase gri-gri des femmes trompées : « Ils reviennent toujours ».

C'est là que, voyez-vous, rien ne va plus dans ma tête ; car malgré le bouleversement de ma vie, ma douleur, ma peur de l'avenir, j'ai envie de dire : « Merci, Priscille. »

Ne serait-ce que pour cet instant où, contre l'épaule de Matthieu, j'ai retrouvé cette jeune, vivace, bouleversante émotion que je croyais à jamais éteinte et qui m'avait fait dire un jour : « C'est lui. »

« Tu veux tout, m'a souvent reproché ma mère. Tu vises l'impossible... » L'éternité seulement, c'est bien normal pour une mortelle ! Faut-il se résigner à ce que rien ne dure, l'amour pas plus que les haricots, alors qu'il est notre plus belle occasion de se sentir unique, élu, et de se réciter les yeux dans les yeux des chapelets de « toujours » ? Savoir que l'amour passe est une chose ; en faire son deuil, une autre. Je n'en suis pas là.

Si, demain, j'habille ce sentiment défunt de noms-refuges comme la tendresse, la complicité ou autres, je voudrais au moins que ce soit les yeux grands ouverts et avec le sourire qui me chavirait hier, lorsque, à la fureur de Sapristi, m'aventurant sur le toit de l'Auberge, j'ai levé les mains le plus haut possible vers le ciel.

Allez savoir pourquoi.

C'est dimanche et c'est Pâques. Carillons de cloches. Que l'on croie ou non en Dieu, elles inscrivent dans le ciel le mot « résurrection ». Sans pitié, je fais courir dans les allées mon vieux chien qui, s'il s'écoutait, dormirait les trois quarts de sa vie.

Au bout du jardin, je m'arrête, essoufflée, et respire un bon coup. En désordre m'envahissent les jeunes odeurs d'une saison qui commence, je renverse la tête, ferme les yeux. J'ai envie...

J'ai envie de jouer à la morte avec Charlotte pour mieux éprouver que je suis vivante.

J'ai envie, à la mer, en Bretagne, de voir s'approcher un pêcheur de crabes plus expérimenté que moi. Il dirait : « Peut-on vous aider ? » Je répondrais « oui », certaine que cela durerait toujours.

Je n'ai pas envie de devenir vieille, ridée, sans forme, sans âge, avant d'avoir éprouvé ce plaisir dont on nous rebat les oreilles, avant d'être, ne serait-ce qu'une fois, entrée en éruption. Elle est là, la lave, je sentais ses petits bouillons au fond de mon ventre lorsque, dans les pages d'un livre érotique, j'apprenais mes leçons de simulation. Elle sourdait, une nuit, à Megève, et me faisait perdre raison près d'un homme qui avait su me voir et me parler, dans les bras duquel je me disais que peut-être...

J'ai envie que l'on sonne à la porte et que ce soit lui.

J'ai envie d'un matin comme les autres à Neuilly. Matthieu viendrait vers moi, les poignets tendus : « Ces foutus boutons de manchette, décidément, je n'y arriverai jamais sans toi ! »

Et j'ai envie de crier parce que je ne sais plus de quoi j'ai envie.

Sapristi me rappelle à l'ordre. Il est midi. Il a envie de sa pâtée.

Bref, voici où nous en sommes, ce dimanche de Pâques, à l'Auberge des anges gardiens où les cloches n'ont lâché pour moi que des points d'interrogation

C'est tout simple, finalement : il ne me reste qu'à reconquérir Marie-Line.

Table

DU MÊME AUTEUR

Chez le même éditeur :

L'ESPRIT DE FAMILLE (t. 1).
L'AVENIR DE BERNADETTE (L'Esprit de famille, t. 2).
CLAIRE ET LE BONHEUR (L'Esprit de famille, t. 3).
MOI, PAULINE !(L'Esprit de famille, t. 4).
L'ESPRIT DE FAMILLE (les quatre premiers tomes en un volume).
CÉCILE, LA POISON (L'Esprit de famille, t. 5).
CÉCILE ET SON AMOUR (L'Esprit de famille, t. 6).
UNE FEMME NEUVE.
RENDEZ-VOUS AVEC MON FILS.
UNE FEMME RÉCONCILIÉE.
CROISIÈRE 1.
LES POMMES D'OR, CROISIÈRE, 2.

Chez d'autres éditeurs :

VOUS VERREZ... VOUS M'AIMEREZ, Plon.
TROIS FEMMES ET UN EMPEREUR, Fixot.

IMPRIMÉ EN FRANCE PAR BRODARD ET TAUPIN
Usine de La Flèche (Sarthe).
LIBRAIRIE GÉNÉRALE FRANÇAISE - 6, rue Pierre-Sarrazin - 75006 Paris.

ISBN : 2 - 253 - 05818 - 1 ⊕ 30/7327/7